精·简国学

点亮心灯

炳華書

精·简国学编写组 著

中国文联出版社

图书在版编目（CIP）数据

点亮心灯 / 精·简国学编写组著 . -- 北京 : 中国文联出版社，2024.3

ISBN 978-7-5190-5473-1

Ⅰ . ①点… Ⅱ . ①精… Ⅲ . ①散文集—中国—当代 Ⅳ . ① I267

中国国家版本馆 CIP 数据核字（2024）第 060172 号

作　　者 精·简国学编写组
责任编辑 张凯默　邢舒然
责任校对 秀点校对
封面设计 悉　闻

出版发行 中国文联出版社有限公司
社　　址 北京市朝阳区农展馆南里 10 号　邮编：100125
电　　话 010-85923025（发行部） 010-85923091（总编室）
经　　销 全国新华书店等
印　　刷 河北京平诚乾印刷有限公司

开　　本 880 毫米 ×1230 毫米　1/32
印　　张 8
字　　数 178 千字
版　　次 2024 年 3 月第 1 版第 1 次印刷
定　　价 68.00 元

序

三年疫情以及各种逆缘不能外出讲学，而网络社交平台的兴起，又给我们带来了新的机遇。在社会上，弘扬中华优秀传统文化的热情方兴未艾，“文化强国、文化兴邦”也被纳入了国家的大政方针。总之，善缘成就，我们也必须与时代偕行，以丰富的优秀传统文化启迪人心，和谐社会。

互联网、自媒体和现在快节奏的生活,会促使新的文体出现，我们戏称为“抖音文体”或“快手文体”。

不管是抖音也好，快手也好，都有相关的规定，都有时间的限制，也需要有吸引观众的地方，还必须要有优质的内容。

没有存量，就没有流量。相关的知识和方法，我们都必须掌握，才能够把与优秀传统文化相关的知识和思想传播出去。

古柏老师，从 2021 年 3 月 15 日开始，用抖音弘扬优秀传统文化，截至 2023 年 2 月 1 日已经制作 3000 多个小视频，为传播中华优秀传统文化做出了不懈的努力与探索。一些喜欢优秀传统文化的老师们，将现有视频整理出上百万文字，今天从中遴选出部分文字，以《点亮心灯》命名，分享给读者。

希望大家能从这些简明扼要、平常落地的文字中学习到相关的国学知识，以提高自己的思想认识和精神境界。

古柏老师引用了大量的佛学经典，为大众提供心理咨询和知识普及，其用心之良苦，可见一斑。

他经常说："我们不是学者，我们没有科研经费，我们也不是老师，我们不需要在这里背教科书，我们学习国学就是为了丰富自己的知识，提高自己的思想，提升自己的境界，让自己过上自在、洒脱、清净的生活。"

"不忘初心，方得始终。"我们的发心是为了服务大众，我们的发心是为了弘扬中华优秀传统文化。前行的路上总会有同行者。

"独木不成林，一人不成抖。"在做抖音的过程当中，我们有一批有思想、有文化的"群演"，他们以自己的聪明才智，配合一起来制作抖音视频。不到两年时间，抖音号拥有45万"粉丝"，每周平均有300多万的点击量。

是他们广博的学识，吸引了读者的眼球；是他们幽默诙谐的表演，诠释了生活；是古柏老师深刻的思想和学问，会集了"粉丝"。因此，在此一并表示感谢！

抖音，我们还会继续做下去！也会继续把它整理成文字，出成一个丛书系列，美其名曰"精·简国学"。并拟用5到8

年时间结集成 15 本，收编入“洗心文库”之中，为洗心禅寺的优秀传统文化建设添砖加瓦。

精·简国学编写组

2023 年 3 月 1 日

目录

静　坐

养成静坐的习惯，非常重要。在历史上，曹雪芹、吴承恩、蒲松龄等文学艺术家，都有静坐的习惯。

静坐，能够让心水澄宁。当我们静下来以后，我们的记忆、观察、分析、判断能力，都会成倍地增长。但前提是，要养成静坐的习惯。除了睡眠以外，要给自己留出充分的静坐养心的时间。

在静坐的过程当中，我们生命的内在环境，会进行自我组织、自我平衡，并且达到一种空前的和谐状态。也就是说，让内分泌自行组织、自行平衡。

在睡眠的时候，我们的大脑一部分在休息，另一部分并没有休息，它只是在一种低级的觉知状态，因此就会做梦。白天就更不用说了，我们眼睛要看，耳朵要听，嘴巴要说，身体要动，六根七窍都在消耗能量。

只有当我们静坐的时候，“内观其心，心无其心；外观其形，形无其形”。清清净净，我们才能够全脑休息。全脑休息的人，才能够全方位地对自己的心智进行开发。

因此，养成静坐的习惯，会给你带来非常多的好处。

吾、悟、我

学习优秀传统文化，从认字开始。

先讲一下“我”与“吾”。文言文当中，上面一个“五”，底下一个“口”，念“吾”。因此就有了陆九渊“吾心即宇宙，宇宙即吾心”。为什么不用一个“我”而用一个“吾”呢？这里头大有讲究。原来“我”往往指的是个体的一种生命的样态，而“吾”是指一个人的情志与精神世界。因此，只有“吾”能够与天地相通，学达性天；而作为肉体的“我”，除了饮食男女，是无法与天地沟通的。

在“吾”字旁加一个“忄”就成了“悟”。因此我们大家要知道，一个人觉不觉悟，并不在于他的身份地位高低，也并不在于他处在什么样的场所，而在于他心里是不是明了。

讲完了“吾”“悟”以后，我们再来讲“我”。

“我”字有一个“戈”，这就透露出来“我”当中，往往包含着一种生命的主观意志和生命的边界。说白了，“我”往往是“私我”。因此，圣贤在教育当中，为了提高我们的觉悟，要求我们“无我”。“无我”可以扩充我们的心量。我们的心有多大，舞台就有多大。因此透过这些文字，我们就知道，圣贤的“教育”可谓用心良苦。

莲花的含义

莲花的结构非常有意思。

据生物学家考证，在辽宁省新金县（今普兰店）一带的淤泥当中挖出的一些古莲子，距今上千年乃至上万年，把它们放在营养液当中，竟然发芽了。如此顽强的生命力，引起我们深深的思考。

水乡的人们，毫无疑问，一般都会把莲花种在淤泥当中。

淤泥丰富的营养催生了莲芽。莲秆亭亭玉立，莲叶向四面八方展开，承接着阳光和雨露。叶片上面晶莹的露珠，像玉珠一样滚动，但是永不沾泥。莲花的花瓣层层环绕。这是一种秩序，在植物界、动物界都普遍存在，它也是我们人间伦理的重要理论依据。也就是说，没有秩序就没有伦理。

淤泥当中的莲子是因，结出的莲蓬是果，当莲花层层剥落的时候，莲蓬就已经在莲花中出现了。因此，这就告诉我们，人和事，都有因有果。

游　学

讲到“游学”的时候，我们就会想到“仁者乐山,智者乐水”。怎么来理解它呢?

第一，我们要知道语言是二维的，它是上下文，上下句的意思是可以互相补充的。

第二，“仁者”厚重宁静，巍然如泰山。因此，重点就点出了“仁者”的厚重、宁静与稳重。而“智者”乐水，水是轻柔的，水是变化的。“智者”总是像水一样，在冬天就变成冰，在夏天就变成水，温度再高就变成汽，它是“法无定法”的。“法非法，非非法”，那是智者所达到的一种境界，彼此是相通的，而不像一般的人在形象和概念上互相对立。

第三，它是有出处的。“天行健，君子以自强不息；地势坤，君子以厚德载物。”在《易经》和《道德经》乃至孔子写的《易传》中，都有这种思想的源头。只是古人非常聪明，为了教化，将它概括成了“仁者乐山,智者乐水”。

学习优秀传统文化，没有理论不行。只有理论，没有实践也不行。因此，我们必须将“理论和实践”统一起来。

打一个简单的比方，如果你没有去过都江堰，你在书本上看再多的说明，你都无法直观地了解到，古人在兴修水利的时候所运用的智慧,你的记忆和理解，一定是肤浅的。

入世与出世

有人踏入社会，遇到不如意的事情，便想逃避。在文人士大夫阶层甚至出现了“大隐于市，小隐于野”的观点，其中包含的入世与出世的观念值得我们体会。当然，在中国优秀传统文化中，儒释道各以自己的传统与道德文章，诠释入世与出世，那么，我们到底该以怎样的态度来对待入世与出世呢?

朱光潜先生是一个美学家。美学，总体来说属于哲学范畴。他在纪念弘一法师的时候，说了一句话:“以出世的精神，做入世的事业。”这本书的名字叫《美的人生》。

入世，我们就想到了儒家。儒家为我们建立了“八目三纲”，并且为我们指明了“立德、立功、立言”的人生方向。

道家以《道德经》《阴符经》《素书》《清静经》等阐发道义，让我们要清静无为，顺应于大自然。

朱光潜先生告诉我们：“以出世的精神，做入世的事业。”也就是说，在人生的态度上，在精神上，我们一定要超然，但是在做学问、做人做事上，我们一定要专一、认真。因此，他说，懒惰，不恬淡、不勇敢等原因常常会造成我们生命的困顿。

我在青年时期，40年前看到这句话的时候，就牢牢地把它记在心中，“以出世的精神，做入世的事业”。在入世和出世之间，在空和有之间，在个人与社会之间，找到生命的支撑点与平衡点。

天人合一

什么是“依正不二”？“依”就是我们所依存的环境，“正”就是我们生命的主体。条分缕析，整体观察，人与环境是一个，不是两个。因此说“绿水青山就是金山银山”，都有相通的意思，都有借鉴的意义，当然也是用心良苦。在经济科技高度发展的今天，人与环境的关系就变得更加密切了。

另外，人是观念性的动物，人的思想会支配人的行为，当然对环境就会产生影响。道家有一本书，叫《太上感应篇》，也有与此相关的内容供我们参考。汉代大儒董仲舒也写了《春秋繁露》《天人三策》，在书中提出了“天人感应”。当然他也是用心良苦，一方面是为当时的统治者建立了更高的道德架构，让他们对自己的思想和行为要负责；另一方面是说人的社会活动会对大自然产生影响。

打一个简单的比方，到了春天花开的时候，蜜蜂和蝴蝶都出来了。同样是春天，如果你不讲卫生，在某个地方有一堆垃圾，苍蝇和蚊子也会出来。

水能平物

唐代沩山灵祐和仰山慧寂，有一天在坡地上平整水稻田。沩山站在这面说："那面高，这面低。"仰山站在那边说："这面高，那面低。"沩山说："站在中间看两头就知道平不平了。"仰山说："不用立在中间，也不停留在两边。"沩山说："水能平物。"仰山说："水也没有一定的样子，但能高处高平，低处低平。"

如果你悟道之后，会在每一事物中都看到灵性，每一事每一物都有它存在的价值。因此，悟道者的心是平常心，像水一样"高处高平，低处低平，无处不平"。

人身居高位的时候，能够用自己的修养保持平常心，但是一旦失落，未必就能保持得住；一个人在低位，能够保持平常心，但是在高位时，往往就会失去平衡。所以，很难像水一样"几于道"。

悟到这些东西不是在书本里，不是在思维当中，而是在生产劳动当中。因此，古代的禅人没有不参加劳动的。在劳动中锻炼筋骨，在劳动中感恩，在劳动中找到活泼泼的开悟的禅机。

洗心泉

在唐代，万顷碧波的太湖之滨，有一片一眼望不到边的竹林。在竹林中，有一座寺庙叫观音寺，住着师徒七八个。每年观世音菩萨纪念日，他们靠着香火就可以过安稳的日子。

但是很不幸，由于缺少监管和自律，他们在寺庙中吃肉喝酒，不能够严持戒律，不能够安心修道，不能够弘传佛法。久而久之，十里八乡的老百姓都知道了他们的所作所为，所以香火越来越淡薄。

这一年，眼看着到了二月十九日，门庭依然冷落，老和尚这才慌了神。“这不是要断了香火吗？”于是，他内心生起了惭愧。“施主一粒米，大如须弥山。今生不了道，披毛戴角还。”这个道理他还是懂得的。因此他在佛祖前深深地忏悔。

到了晚上，他做了一个梦，梦见一个白衣女子走到他跟前说：“你过去做的那些坏事，把你的心弄脏了，你可以把心洗一洗。”

他在梦中就问：“人的心长在胸腔当中，血淋淋的，怎么能够洗呢？”

这个白衣女子告诉他说：“你的心是可以洗的。山后有一眼清泉，在天没有亮之前，你借着月光把心掏出来洗一洗。洗干净再放进去，我保证你平安无事。”

于是，凌晨三点半他就跑到后山找到这个清泉，用手抠自己的心，没想到真的抠出来了，然后在水中一洗，发现很多的黑血，像云一样漂散。接着，他又把这颗洗白了的心往胸口一放，一下就进去了。他既惊喜，又错愕，竟然有这样的灵应。

跑回来后，他把另外的五六个徒弟都叫起来，把这些前因后果讲给他们，说：“我的心已经洗干净了。”那些徒弟们听后，纷纷跑到山后泉水那里，各自把自己的心洗了一遍。

以后那个“观音寺”就改名为“洗心寺”。

奇迹出现了！到了二月十九这一天，来了很多的香客，寺庙香火非常旺。老和尚欢天喜地，就把这个洗心的故事讲给来的人听。

石窟文化

粉丝：我一直想去北方的那些石窟看看。您可以给我们简单地介绍一下吗？

古柏：有文化学者认为佛教沿着石窟走进中国。

为什么说佛教沿着石窟走进中国呢？进入中国境内之后，首先有新疆的克孜尔洞，位于天山东部。那里主要是罗什法师的译经道场。了解佛学的人，都知道罗什在中国佛教史上的地位。

紧接着就到了敦煌。敦煌莫高窟是中国四大石窟之一。敦煌是佛教文化和中原文化的驿站，文化的重镇，也可以看作文化海关。

通过敦煌又传到了现在甘肃境内，在麦积山筑造了石窟。为什么叫麦积山呢？因为它的山形，长得像个农村的麦草垛。在山上选了上好质量的岩石，开凿了石窟，塑了很多的造像，彩绘非常精美。其中有一尊塑像，号称“东方的维纳斯”，把无情的泥塑给塑活了，让你百看不厌，栩栩如生。

通过麦积山，又传到了河南的洛阳龙门石窟，另一部分又传到了山西的大同石窟。

甘肃敦煌莫高窟、山西大同云冈石窟、河南洛阳龙门石窟、甘肃天水麦积山石窟，构成了中国佛教的四大石窟。这些石窟就像一串珠子穿起来了。

如果要到那些地方去旅游、参观、学习的话，第一要了解中国佛教文化的发展史；第二要了解这些塑像的风格和特点；第三要了解不同时期每个造像、彩绘的风格，重点把握。这样一来，才算得上是立体的文化旅游，能够学到与艺术、文化、思想相关的知识，这样的旅游才是最有价值的。

三而一

圣贤教育是一种人的教育，而不是单纯的知识教育，也不是单纯的功利、劳动教育。它必须要通过“闻、思、修”自我学习，自我成长，让自己的生命逐渐地趋向完美。

什么是“闻、思、修”呢?

“闻”包括“听、读、写”，不是简单地用耳朵去“听”。除此之外，最主要是“虚其心，实其腹”，从内心深处生起对这种文化的需求与热爱。现在通信这么方便，我们通过各种途径都能够学习到你想学习的知识。

“思”就是“思考”。不管在任何场合，通过任何方式听了，你都必须要经过自己深深的思考。“思考”包括人们对问题的吸收、消化、分析、判断等。这样获得的东西，才是你自己真正的心得。

“修”包含两个方面。一方面，对个人的心行来说就是改正。改正自己，见贤思齐。另一方面，对集体、团队来说就是要落实。如果不落实，前面两者就会虚浮，就会落空。

因此，圣贤教育“闻、思、修”，学习任何一个法门，它都是“三而一”“一而三”的，是相辅相成的。

“闻”和“思”是属于思想、知识的范畴，而“修”属于生命与社会的实践的范畴。

当然，“闻、思、修”不可能一蹴而就，它需要一个漫长的吸收消化的过程。一旦吸收消化了，你的精神世界会变得非常的坚实而又丰盈，而你的社会行为就一定会落地生根，踏踏实实，一步一个脚印地丰富自己的人生。

四种方法

如何增长自己的智慧，提升自己的位格而走向成功？有四种方法：给予、爱语、利人、同事。

因为人的自私都是与生俱来，所以学会给予是需要训练的。经常从语言上、精神上、钱财上学会给予别人，广结善缘，你的路就越走越宽，朋友越来越多。

“语言是心灵的出口。”如果我们内心充满智慧，我们的语言就会非常地清晰；如果我们的内心充满了爱意，我们的语言就会非常地和善。因此，说话也是要学习的。学会说话是给人除了仪表以外的第一印象。如果你讲话非常尖酸刻薄，人们就会对你有防备心理。你看鸟叫的声音很好听，大家愿意听；音乐的声音很好听，大家愿意听。所以要学会说话。

要做有利于别人的事。关键的问题是，人和人同事的时候都会有嫉妒心。同行是冤家，总是有意无意地给别人办事设立障碍。这时候你要增加你的智慧，扩大你的心量，为别人大开方便之门，让别人过得去，你自己就过得去。用一句话概括：原谅别人就是解脱自己，不原谅别人就是和自己过不去。

我们不脱离劳动生活。尤其是领导干部和老板，包括学者乃至修道人，你必须和大家一起共同做事，在做事当中产生联系和配合。如果你脱离劳动，脱离生活实践，久而久之往往就会做出错误的判断。

所以说，在20世纪七八十年代，干部和群众提倡“同吃同住同劳动”，因此那时候上下一条心，人们对人事的评判很难出现失误，就是因为同事。

因此，你不妨在生活中去落实一下这四种方法，看看会不会给你带来长远的利益。

四种心

如果你具备以下四种心，你就容易成功。

第一种叫“慈爱心”。对自己、对他人、对社会有一颗善良的心，并且能够恪守善良的心，即便是受到了外界的伤害，善良的心也不改变。这个心，叫“慈爱心”。

第二种叫“同情心”。就是同情别人的心，在心理学上也叫“同理心”。比如说哪里失火了，哪里遭水灾了，我们具有同理心，愿意出钱，愿意出力，那个悲天悯人的心就叫“同情心”。

第三种叫“喜悦心”。“喜悦心”就是悦纳的心。人身难得，得到人身以后，我们要悦纳自己。与人相处的时候，我们也要悦纳别人。面对社会，我们要正向思维，要看到社会的发展，看到社会带给我们的利好，让自己处在一种法喜、禅乐当中。

就像到了春天，所有水面结的冰都融化了，所有的鱼在水中都自由自在。到了春天，柳绿花红，百鸟合唱，该是多么的美好！千万不要因为受到了外在的伤害而耿耿于怀，让自己的心里生起尘埃。一定要用喜悦的心悦纳这个世界！按照“吸引力法则”来说，你喜欢这个世界，这个世界就会喜欢你。

第四种叫“助人心”。就是愿意帮助别人，哪怕是一句好话，哪怕是一种精神的抚慰，乃至在别人危难的时候，我们愿意舍去自己的生命，救助别人。

你有这四种心，在生活中慢慢地去实现它，让生命不断地走向坦途和光明。

信

“信”在我们生活当中无处不在.而在儒释道三家的文化当中，“信”是非常重要的一个概念。“信为道源功德母。”又说“信”为桥梁，又说“信”为能入。

“信”为什么对我们的精神世界会有这么大的影响呢？因为圣者们认为，人来到天地之间，他原本的心，像一面镜子，像清净的泉水，没有受到任何的污染。

我们通过读圣贤书，乃至修养自己，回到自己的本心之后，“信”原本的状态就会呈现在我们的世界里。那个世界是清净的、光明的、元初的，它对于世界也是全息的。

“信”这个字，它不仅仅是讲人和人之间要诚信，要讲信誉，一言既出驷马难追，用“语言”去信。“信”这个字表面上是“亻”边一个“言”，好像是与“语言”有关，其实它还和“心理”有关。因此，在《大学》和《中庸》中都对“信”这个字有深刻的描写。

后来，我们把它当成一种教育，认为劝导别人“不要迷信要正信，不要虚妄要诚信”，其实“信”对我们的生命非常重要。它是我们生命的归途，也是我们生命的来处。

如果你不相信一个医生，那么他给你开的药，药效就会降低，尤其是中医。你遵照医嘱，按照他的药方，并且对他的这一套医疗方案产生了信任，这个药效就会产生更好的作用。

游佛寺

人们到五台山、峨眉山、九华山、普陀山去旅游，这些都是佛教圣地，人山人海，面对寺庙的建筑格局、佛教造像，人们真的是一头雾水。因此，有人就开玩笑地说：“一等游客一条直线，二等游客瞎游乱转，三等游客瓶瓶罐罐。”到故宫旅游也是这样一种样态。

“马祖建丛林，百丈立清规。”除了与民俗建筑融为一体以外，中国的很多寺庙是琉璃瓦、黄墙的，一般都是皇家寺院，至少也是仿皇家的。

寺庙建筑深受儒家文化影响。比如说逐级而上，一步一台阶，表示一种脚踏实地的进取精神。而把大殿建立在寺庙的中央，显示了它突出的中心地位。打一个不太恰当的比方，就相当于文武两班上朝的地方。而那种四合院式的“扁担房”，恰恰反映出它寻求一种平衡，寻求一种对称，寻求一种自我构建的完美。因此，有人说“建筑是立体的艺术，是无声的音乐”。

一进“山门殿”，你就会看到“哼哈二将”。“哼哈二将”实际上并不源自佛教，这完全是民俗的一种体现。“哼”就表示你做了恶事，要到这里来忏悔；“哈”就表示你做了好事，在这里就会受到表扬。

走进“天王殿”，迎面而来的是大肚弥勒，两边有一副对联：“笑口常开，笑天下可笑之人；大肚能容，容天下难容之事。”那是什么？那是慈悲，暗示我们做人一定要大度，要笑口常开。

弥勒菩萨的后面是韦驮菩萨。韦驮菩萨是护法，相当于公安局的局长。如果你为非作歹、胡作非为，公安局就在等着你，这表示了佛教惩恶扬善的一种象征。分列两旁四个角的是“四大天王”，表示风调雨顺、国泰民安。

继续往后走，就来到了“大雄宝殿”。在大殿，我们常常看到的塑像，中间是如来，分站两旁的是迦叶和阿难，叫“一佛二弟子”。大殿是出家人举行法会的地方，是非常清净庄严的，不能抽烟、嚼槟榔、交头接耳，必须有一种敬仰之心。

大殿的后面就是“藏经楼”了，也就是佛教图书馆。

寺庙建筑大多与山水融合在一起，以利于学修融合。

与人为善

“慈悲”，就是我们通常所说的善良。在社会活动中学会与人为善，甚至抱着一种情怀，“宁可人负我，我绝不负人”。我在年轻的时候，听到父亲讲的这句话，给自己的心理活动，对自己的社会行为，带来了很多好处，至少可以进行自我解读。

“慈能与乐，悲能拔苦。”既然讲慈，就要在精神上、物质上给别人带来快乐，这和儒家的利益观是统一的。既然有悲心，就要悲天悯人，人亦我亦。看到别人受苦，别人生病，感同身受。

这样一来，我们的情商和智商就会得到提升，生命会越来越有质量，活得会越来越有味道，朋友会越来越多，前途会越来越光明。

在社会竞争的今天，有很多人很善于学习，但是他们只学习了智商而没有学习情商。我在这里推心置腹地告诉大家，未来的世界，情商比智商更重要。

你想让自己活得滋润，还有爱商，爱自己、爱家人、爱朋友、爱社会、爱自然，只有这样，你的生命才会熠熠生辉。

眼高手低

我们平时在批评某个人的时候，批评他“眼高手低”。事实上，“眼高手低”是人学习的正常状态。比如诗画、道德、文章，我们都会欣赏，但是我们去做的时候，往往达不到自己所希望的高度。也就是说，我们对以上这些东西，往往都是眼高手低的。

为什么会遭到人们的批评呢？意思就是你眼头很高，你的行为也应该跟上，只有这样，你和大家才会得到利益。有一句话叫“高高山顶立，深深海底行”。

什么叫“高高山顶立”？见地要高，对任何一个事情，你的看法，要超出常人，要入木三分，“见地要高”。

什么叫“深深海底行”？当你在人生和社会实践中的时候，你要深深海底行。第一个意思是说要秘行，默默无闻地去做。第二个意思是说要脚踏实地，不要离开生活。

“平实”这个词，在哲学上叫实学，一切都要回到社会实践当中去。对人生来说就是平实，平实的人生是与道同行的。言外之意，所有投机的、虚妄的都与平实相违背，平实是行道者的一种心理行为常态。

知行合一

粉丝：我们怎么去理解传统文化学习中经常讲的“知行合一”？在生活中怎么去实践它呢？

古柏：“知行合一”“学修并重”“解行相应”，这三个词说的都是一个意思。

爱好传统文化的人，学习的目的是什么？目的是要在生命中，在生活中，在社会实践中，在人格理想中去实现它。从人生上来说，就是修养；从社会实践来说，就是用理论指导实践；从人生目标来说，你不能光说光想，必须要行持。这样一来，才能“知行合一”“学修并重”“解行相应”。这个问题在“阳明心学”中讲得最为透彻。

为什么要分“学”和“修”呢？“学”，是修的一部分。王阳明说得更直接，“知是行之始，行是知之成”。如果你认为“道”是好的，学道和修道，它对生命来说就是一个整体。你认为“孝敬父母”好，从你想孝敬父母，到你拿着礼品去看望父母，它是一回事。

有些学人认为“学”就是学，“修”就是修，将二者割裂开来。实际上，二者是一个整体，是密不可分的。所以一定要想通，“知行合一”“学修并重”“解行相应”，它是一码事，不是两码事。

风动幡动

六祖惠能大师到了法性寺，听印宗法师讲经，看到两个和尚不好好听经，还在大殿上辩论风动还是幡动。六祖惠能就过去说：“不是风动，不是幡动，仁者心动。”

在禅宗故事里，人们对这句话耳熟能详，经常提起。其实这句话的背后，反映了六祖惠能大师明心见性的一种智慧。

“动”与“不动”是相对而言的。其本质是什么呢？是在语言和意识的后面隐藏了一个灵明的觉知的心，因为有觉知的心，你才会判断它动与不动。六祖惠能大师确实棋高一着，他能够脱口而出，“不是风动，不是幡动，仁者心动”。

这和王阳明讲的“无善无恶心之体，有善有恶意之动”有一定的内在联系，或者说，王阳明很好地解释了六祖惠能的这句话。我们应该透过这些言语，悟到隐藏在我们意识后面的那个觉知的心。

当你明白这一点的时候，你就会知道，我们通常的辩论和语言都是相对的，都是在比较当中。比较当中就有了是非、善恶、黑白、长短。因为有参照物，我们才会说它动与不动。参照物的本质是什么？是我们有一个觉知的心。而觉知能力的提升，你的智力、记忆力、判断力，就会超出常人。

济公和尚

济公和尚的故事流传很广。其实，你看的武侠小说、电影传奇当中的济公，是很多游僧、颠僧、圣僧的一个集合体。真正的济公是南宋人，俗名李心远，法号道济，医术高明，能文能武。因为他经常疯疯癫癫，人们给他起了个外号，叫“济颠”。他好打抱不平，息人之诤，救人之命，扶危济困，除暴安良，彰善罚恶，被后人尊称为“济公”。

道济活了六十岁，临终前曾作一诗：

六十年来狼藉，东壁打到西壁。
如今收拾归来，依旧水连天碧。

“六十年来狼藉”，我六十年来活得一片狼藉，在世人眼中我不成体统，经常疯疯癫癫。

“东壁打到西壁”，从东到西，折腾来折腾去。

“如今收拾归来”，而今化缘已尽，他很潇洒地，就好像一个人出门旅游一样。

“依旧水连天碧”，这句里有禅机，含着禅意。逢场作戏，随缘度化，无牵无挂。水是蓝的，天是碧的，交联在一起。我什么也没有带来，我什么也没有带走，我只给你们留下了一些美好的故事。有心人在我疯疯癫癫的人生当中，应该悟到点什么。

今天的人，心中总有千千结，焦虑、纠结、抑郁、狂妄、气馁，所以我们在看《济公传》的时候，就会会心一笑。

济公和尚还有一首诗流传得更为广泛：“酒肉穿肠过，佛祖心中留。”其实大家不知道后半句，我今天告诉你，“世人若学我，如同入魔道”。我们为什么不能模仿济公的样子呢？因为他是个圣僧，他的所作所为，我们不要用凡心去猜测。你看他吃肉喝酒，癫癫狂狂，但是他的本心却如如不动。所谓癫狂，只是他度众生的一种方便和手段而已。

古建之美

古建的建筑装潢处处都是学问。

我们先来看看大殿上面，这是利用屋脊做的一个龙头，又称为龙脊，既起到了镇压房梁的作用，又美化了建筑。

再往下看，里头的学问就非常精妙了。

脊兽是中国建筑屋顶的屋脊上所安放的兽件，它们按类别分为跑兽、垂兽、仙人及鸱吻，合称“脊兽”。第一个是“仙人骑凤”，后面依次是龙、凤、狮子、天马、海马、狻猊等等。它既起到了装饰美化的作用，同时又起到了镇压屋檐的作用。因为老百姓说“出头的椽子先烂”，屋檐经风冒雨，风吹雨淋，非常容易坏掉，因此通过“脊兽”的镇压，屋檐就显得比较结实了。

民间还有另外一个传说，就非常有意思了。第一个叫“走投无路”，第二个叫“东张西望”，第三个叫“坐地分赃”，第四个叫“算计思量”，最后一个叫“赶尽杀绝”。

它起到了什么样的警示作用呢？过去的小偷会飞檐走壁，当小偷看到这些“脊兽”的时候，想到“走投无路”“坐地分赃”“赶尽杀绝”，他那个偷盗之心就泯灭了。

古代的建筑是不是处处都是学问呢？

海晏河清

经常有人问我，天王殿上写的“海晏河清”是什么意思？

首先，这是我们的一种社会理想。理想的社会是非常和谐的，在自然界就呈现出海晏河清；其次，古代有一种说法，“圣人出，黄河清”，当然这个说法仅供现代人参考；再次，“海晏河清”，“海晏”和“河清”是联合词组。

总之，它反映的是一种歌舞升平，国泰民安，没有瘟疫，没有战争的意思，是非常理想的现实社会。

因此，寺庙里头写的“海晏河清”，就包含了祈祷国泰民安、风调雨顺的意思。

心的作用

我有一次爬泰山，在摩崖石刻上就看到“唯心所现”这四个字。它是什么意思呢？

第一，对个人来讲，由于分别心而现出了善恶、美丑、好坏。比如说我们认识山、认识河、认识男、认识女，肯定会起分别心。因为有分别，所以就有意识，意识是心的浪花。这个是很容易理解的，也就是常说的分别心。

第二，我们生而为人，我们的般若自性，它有一种天然的能力，就是照见。它像镜子、像泉水，本来就能够照见万物。

第三，我们推究人生和宇宙到最深处的时候，是心物一元的。古代的大儒也发现了这一点，认为心和物的根本的出发处是一个而不是两个。

这个心就不再是个体的心了，而是说的人生和宇宙的本体。我们把它又叫法性，这是面对自然规律来说的；我们又把它叫自性，这是面对众生来说的；把它又叫真如，这是对它自身的属性进行描述的。也就是说，真如心像镜子一样，可以照见万物。真如心是不分别的，但是它又能够映现万物。

对于我们当下的人生来说，“唯心所现”这句话对我们有什么帮助呢？

第一，千万不能把它简单地理解为唯心主义。如果你给它贴一个唯心主义的标签的话，对于你认识自心的本质是没有帮助的，而且你只会停留在这样一个认识的层面。

第二，如果从功能和使用的层面来说，它强调了心对人生的重要性。你想一想，“得人心者得天下”“修行修心”“心心相印”“心心相通”“人心齐，泰山移”“修身、齐家、治国、平天下”，这实际上都是心的作用。

临渠鉴影

洞山良价，唐代曹洞宗的创始人，他开悟以后，有一首诗对今天的学人是非常好的指引，会让我们得到非常好的启发。我们下面试做赏析。

切忌从他觅，迢迢与我疏。
我今独自往，处处得逢渠。
渠今正是我，我今不是渠，
应须恁么会，方得契如如。

“切忌从他觅”，一个修道人千万不要心外求法，不要住于名相。我们见到很多人，他不知不觉地就住在名相上面，心向外求，到处流浪。六祖惠能说，“波波度一生，到头还自懊”。

“迢迢与我疏”，你的心跑得越远，你离真性就越远，见面不识，擦肩而过。求道没有往心上会，而到心外去求，这是错的，这个路径是不对的。

我坚持几十年自悟自修，“独自往”完全是自己内心的所得，可以与人分享，但是与多人分，它不会少，你不分它，也不会增加，因此他说“我今独自往”。

“处处逢得渠”，这句话非常妙。一个悟了道的人，心中一轮圆月，就像“千江有水千江月，万里无云万里天”一样，他走到哪里，月都不会舍他而去。因此他说“我今独自往，处处逢得渠”，到处都可以看到水中的一轮圆月，心水当中的一轮圆月。

“渠”，就是你原来擦肩而过的、与我迢迢而疏的那个正是“我”。那个“我”，是真心真性之我，自性之我。

“我今不是渠”，现在能够穿衣吃饭、举手投足的我，是假我，是四大五蕴合成的我，因此，他说“渠今正是我，我今不是渠”，这充分证明他旧路还家了，见到了真性了，心中不再疑惑了，找到了真正的路径，回到了真正的家，推开了门，找到了真正的我。

“应须恁么会”，“恁么会”是江西、广东一带的一种方言。应该怎样才能够像你这样呢？才能够悟道呢？你就应该像我上面说的那样去做。

第一，心不要往外求。第二，要借假修真，透过假我发现真我。一旦发现以后，要有保任的功夫，要有行持的功夫。

你如果能够这样去修的话，“方得契如如”。“契”，佛教提点后人，上契诸佛之理，下契众生之机。尤其是我们在教化、点化某一个人的时候，要契理契机，要应病与药。盖房子的时候，榫卯相扣就是契。

“契如如”，就是契入真如，契入法性当中，不复再疑惑了。

要联系到洞山良价的阅历，你就会知道他曾经离开他的师父到外面去广泛地参学。当他再回到洞山，口渴难耐，到桥下面取水喝的时候，那一瞬间他在水里看到自己的影子，猛然悟道了。因此，给我们留下了这首禅诗。

你要点什么心？

四川周金刚到了湖南常德境内，他听说有一个龙潭国师很厉害，便想造访龙潭国师，与他斗法。

在来湖南澧阳的路上，周金刚又困又饿。他看到一个老太婆在那里卖点心，他说："老婆婆，能不能把你的点心给我一点？"

老太婆说："我有一个问题，你如果答得出来，我就给你吃；你若答不出来，你就到别的地方去。过去心不可得，现在心不可得，未来心不可得，不知道您点的是哪个心？"

一时周金刚无语，不能够回答，就担着担子继续去访问龙潭国师。来到法堂，他说："潭也不见，龙也不现。"

龙潭国师现身问："你亲自到过龙潭没有？"

这个故事一个扣着一个，每一个公案后面都透出一种智慧的心。我们暂且放下不说，就讲"三心不可得"的心理学意义。

"过去心不可得"，过去的叫记忆，叫过去时。我们人生活在意识之流中，如果你回忆过去，纠结过去，就证明你的心有负累。很多老人念念不忘自己过去的功过是非，那就证明你的心已经守旧了，已经老了。

"未来心不可得"，很多年轻人由于阅历浅，对人生参悟得不透，老是期望未来，那就叫未来心，叫未来时，那是不成熟的表现。

我们常常会说安住当下。当下的这个心，就念头来说，有前念、中念和后念。一方面，你要把当下的事情做好，不要回忆过去，不要展望未来；另一方面，当下的心应该是无住、无念、无相的。如果你说我安住于当下，当下的你如果是执着的你呢？现在有很多人患焦虑症、抑郁症，他不就是执着于自己的当下吗？

因此，怎么样让我们的心能够光明、清净、自在？你把这三句话悟透了，真的对你的帮助太大了。

“过去心不可得，现在心不可得，未来心不可得。”你要点什么心呢？

道在平常日用中

我今天要告诉你，悟道是极其平常的事情。因为人都有心，而我们的心像天上的太阳一样，它原本就是光芒四射的；又像水中的月亮一样，它原本就是清净无染的。我们之所以不悟道，是因为我们的心没有往道上去会，或者说是蒙尘太厚。

我们看到水中的落花，可以悟到人生的无常，那是悟道；我们看到云在天上飘，知道什么都是浮云，知道物质世界有成住坏空；我们看到鸟从天上飞过，知道我们的念头是生住异灭。

悟道无处不在，它并不只在庙堂之上，因此不要被某一种假象欺骗。

打乒乓球要不要悟道？打羽毛球要不要悟道？插一朵花要不要悟道？泡一杯茶要不要悟道？打一手太极拳要不要悟道？乃至种庄稼，要不要悟道？

不管是浅道还是深道，是大道还是小道，无处不是道。只要有心在，就会有道；只要有脚在，就会有路。

所以说，悟道这件事情人人有份，并不是某个人的专利产品。

人的来处

人从哪里来，有一个传说。

天人的福享尽了以后，命终后化生来到了我们这个世间。他们没有肢体，不需要吃饭，也不需要穿衣，身上发光，能自由自在地飞行，过着安乐的生活。那时，没有男女，没有尊卑，没有上下的区别。

经历了很久很久，有地味自然地生出来，就像醍醐一样，味道甘甜如蜜。好奇心害死猫，他们用自己的手指蘸了地味尝了一下，尝到了美味。于是他们贪着美味，越吃越多，身体变得越来越粗重，不再有光明，也不再有神通，就牢牢地贴在了地面。地味消竭，又生地皮；地皮消竭，又生地肤；地肤消竭，又生粳米。于是，他们福报越来越少，容貌越来越丑，欲望越来越多。

最初的大地，五谷是自然生长的，但是有聪明的人就存一天的粮食，还有更聪明的人就存七天的粮食。如此一来，生食起嗔，熟食起淫，就有了争斗心，也有了淫欲心。于是就开始建造房舍，有了男女之事。争夺食物，就有了争端。

于是，他们推举一位高大、容貌端正、有威德的人作为首领，来保护人民，赏善罚恶，平衡大家之间的关系。后来，慢慢地就演变成了我们今天看到的这个样子。

关于人的起源，全世界有几种说法。上帝亚当夏娃造人说，女娲造人说，进化论，演化说，佛教的智慧闯入说。还有一种说法叫耦合说，就是太阳月亮、阴阳自然而形成的蛋白质的裂变形成了生命。

关于人的来源有五六种说法，你觉得哪一种说法更符合现代科学呢？还是说有哪一种说法超越了现代科学，让我们脑洞大开呢？

有情世界

怎样认识有情世界呢?

首先，我们要认识无情世界。所谓无情世界，就是指植物、矿物等地、水、火、风四大组成的世界。而所谓有情世界，就是指胎生、卵生、湿生、化生的生命世界。在这里，有情可以理解为有感情。它由三个元素构成，叫寿、暖、识。寿是寿命，暖是温度，识是心灵。

当然，这其中千差万别，说不能尽。以胎卵湿化为例，胎生的，如猪、马、牛、羊，包括人类，由胎胞而生出来的。卵生，鸡鸭下的蛋，在一定的温度条件下，就有小鸡小鸭孵出来。

什么叫湿生?这就和中华优秀传统文化有了交集——五运六气，阴阳八卦。湿生即依靠水分就能生长出来的生物，如蟋蟀、飞蛾、蚊虫等。

一块朽木头放在不见阳光潮湿的地方，时间长了它自然会长出木耳。有一堆垃圾，自然就会生出蚊子、苍蝇。在这里我再深刻地讲一句，生命的因子可能在水和空气当中，弥漫在我们看不见的一切处，只要因缘具足，条件成熟，它就会萌发。

湿生的生命，从植物到动物比比皆是，只要你注意观察都可以看得到。

最难讲的就是化生。如果养过蚕，你就会知道它由蛹成蝶的过程就是化生的过程。

气是构成这个物质世界的最小的元素，而气又有三大特征：第一，流通性；第二，渗入性；第三，整体性。

既然是胎卵湿化构成了有情生命，这时候你要明白它还暗含着另一个意思，这个有情就是欲。我们生活在欲界。

禁欲的目的，是为了完成生命的质能的转化。儒家讲人必须要节欲，就像用液化气一样要节约能源。而宋明理学中所讲的“存天理，灭人欲”，就是说人不要有过多的欲望。

从作业到事业

常用的某词，或者是常用的某些词，我们可能很少留心它或它们的含义。写作业、做事业、行业、职业、工业、农业，你会发现这其中一个关键的字就是“业”。业到底是什么？我们很少去思考它的深层含义。

儒家说“业精于勤，荒于嬉；行成于思，毁于随”，那是教育青少年，学业一定要勤快，不能够懒惰；事业一定要精一，而不能流于世俗。

“业”到底指的是什么？最早在西周的金文中，业是指刻在木板上的横纹，或者是锯齿状的纹路，把那个痕迹叫业。

一个人的思想品质，一个人的精神和行为，都取决于他当下以及过去的业习，包括他心理行为所留下的痕迹，都叫业习。我们的行为、语言、思想的后面都有一个业习。

我们就来打比方。

比如说现在灯光照在我身上，灯后面的电线一定是有电的。电是看不见的，但是我们通过公式和实验室可以证明它的存在，它已经超出我们常人的知识了。

比如说磁场、引力场等能量场，我们是看不见、摸不着的，但是现代科学实验告诉我们，它们是真实存在的。

再比如说水，在液态、固态下，我们都看得见，但是一旦蒸发成了云雾，我们就不大能够看得见了。

又比如说一列火车开过来，前面发现了障碍物，刹车以后往前的惯性和余势，这都叫业。只是现代科学用惯性和余势来解释这个业。

我们再看看周边的事物。草木到了春天欣欣向荣，到了秋天就落叶了，到了冬天就像死的样子，但是春天再来的时候，它们依然欣欣向荣，而且还呈现出自己原来的样子，并没有因为经过一个冬天的枯黄，它变成了另外一种东西。这实在是太奇妙了。

道不同不相为谋

“道不同不相为谋”，至少告诉我们三重含义。

第一，在合适的地方对合适的人谈论你的精神追求，是智者所为，要不然你就很容易引起纷争。

第二，谈话的内容、尺度以及深浅，这是一种人生和社会经验。比如说这个人喜欢打坐，悟得很深，你当然就可以和他谈一点深的东西；比如说这个人学道学儒，基础知识解决了，对人生和社会思考得很深，你当然也可以和他谈一点深的东西。但是对于刚刚入门的人，你就不能盲目地开药方。总而言之，一定要应病与药，对症下药。

第三，从社会学的角度来说，说得好不如做得好。如果你的健康、学问、道德、工作、家庭一塌糊涂，你说得越多，则适得其反。

悟　性

粉丝：学习传统文化讲究悟性，这和我们现在学习知识、技能有什么区别？

古柏：有什么区别我先不跟你说，因为时间不允许，我就给你直接说说悟性。

首先，悟性在人的生命生活和学习传统文化当中是必不可少的。

给你打个简单的比方，就像一个胶卷，它有曝光的能力，能够照相。如果这个胶卷失去了曝光的能力，或者是二次曝光，或者是模糊不清，这个胶卷就没法照相了。

我们的心灵就像一个胶片，具有成像性、曝光性。我们的悟性有高有低，有些人的心灵是柯达胶卷，有些人的心灵甚至是数码相机，它可以储存很多的照片。心灵具有的先天功能，儒家把这个叫良知良能，佛家把这个叫自性光明，又把它称为慧根。

你学习任何东西，包括书法、绘画、中医、哲学等，都要透过现象看到本质，在没有文字的地方去会意。中国文化叫什么？得鱼忘筌，于无琴声处听琴声，讲的都是一个悟性。

悟性是什么呢？悟性对这个世界是全息的、曝光的、深入的，它和西方思维不一样。

西方思维是线性的，而悟性思维是发散性的；西方的思维是要通过逻辑和概念把一件事情说清楚，而禅宗是要你言下大悟，要你会得。所以说，学习中国的传统文化，一定要想办法培养自己的悟性。

金钥匙

禅诗的美妙之处，在于它的意境的空灵与悠远。因此，历朝历代的禅师，都要将自己修行觉悟的心得用禅诗来表达。其好处是着墨极少，意境深远，是智慧灵感的浓缩，它摆脱了思维和概念的束缚，启迪人的慧性，总能够让我们心头一亮，有所启发。

下面我们就看一下宋代南剑州剑门安分禅师开悟之后写的一首禅诗：

> 几年个事挂胸怀，问尽诸方眼不开。
> 肝胆此时俱破裂，一声江上侍郎来。

如果不讲，你一定会有一种猜谜的感觉，好像他们讲话都是在打哑谜，不能够直来直去地说明白。

其实，不是他们不能够直来直去地说明白，他们已经把文字用到了极其精简的地步，其目的就是为了让你发明自性。

“几年个事挂胸怀”，会参禅打坐的人都知道，参禅要参话头。参话头之前，要对人生和宇宙起疑情。比如我从哪里来，我到哪里去，这是很深刻的哲学问题。

一个人在那里参禅打坐，要把这些问题搞清楚，你想一想，像不像一个锥子从天上落下来，要把大地打一个洞。有的人还会问："父母未生前，哪个是我的本来面目？"

总而言之，起疑情以后，随处皆有话头。但是话头一定要把它隐藏在心中，就像对人生和世界的思考一样，总要把它想出个明白来。但是参话头这个参，不是想话头，不是念话头，而是心中蕴着这样一个疑情。

"问尽诸方眼不开"，这个诸方，包括各个名山大川的大德。他到处在找答案，但是所有的答案都不能够让他满意，因此他说"问尽诸方眼不开"。因为你不管是读书也好，还是到名山大川访问那些大德也好，心都是在往外求，心中还是一团迷雾。"踏破铁鞋无觅处，得来全不费工夫。"它需要一个机会，需要一个机缘。

故事中的智商

小故事，大智慧。

传说当年达摩祖师看到东土的众生有大乘的根性和气象，于是从印度泛海，在广州登陆，一路北上。

有一天，他经过一个集市，看到一户人家烧水，准备烫鸡、拔毛、卖鸡肉。

这鸡过去世也是修过行的，看到达摩来了，就在笼子里用密语的方式问达摩：“西来意，西来意，教我一个脱笼计。”

达摩也用密咒的方式告诉鸡说：“脱笼计，脱笼计，两腿一蹬两眼闭。”

主人把水烧开后，看这鸡蹬腿闭眼了，把笼子一开，这鸡就飞掉了。

这个传说故事告诉我们一个什么道理呢？你们有没有发现，在自然界的小虫子，你惊动它，如果它跑不掉，它就装死。

在人间社会中，如果你们遇到了天大的困难，遇到了自己不可预估的环境，是不是也要学会装死呢？

因此，我今天给大家揭开一个秘密，装死也是一种大智慧。因为聪明丧失了身家性命，装死反而逃过了一劫。

故事里的事

有一个又懒又傻的女人，她看到别人从山里采了果子到街上卖，卖了个好价钱。于是，她也背着背篓进山了。但是她不愿意往深山里走，她在山口看到那个果子又大又红，她很快就摘了一背篓，背到集市上，并且心里还在嘲笑别人：“你们这些笨蛋，山口果子又大又红又多，你们还跑那么远去摘，你看我半天就背了一背篓回来了。”

那个果子是什么？它是和好果子相似的果子。结果，她卖给人家，无知的娃娃一吃就中毒了，官府就把她给法办了。

小故事里隐藏着大智慧。有些思想文化，表面上一看貌似是很相似的，实际上，如果你没有深入地去探究这个学问的话，你有可能会吃亏上当。

修行也是这样，你要下苦功，要往深山里钻，要采到真正的果子，你不能在山沟口弄点相似的果子背回来卖。

故事不是故事

有一个猎人，他特别擅于捕猴子。有一天，他溜溜达达就进山了，只拿了一根绳子，没有猎枪，也没有罗网，大家都觉得很奇怪。

进山以后，他就采了松胶、桃胶、柏木胶，在猴子能看见的地方，站在石头上把胶揉得黏黏的、稠稠的。然后，他假装在耳朵上抹一下，眼睛上抹一下，嘴巴上抹一下，鼻子上抹一下，前脚抹一下，后脚抹一下——因为他了解猴性，猴子具有好奇心，具有模仿能力——他假装弄完以后，就躲到大石头后面去了。

这时猴王看到了，带着猴群就跑到这个石头上来，拿起这个胶往眼睛上抹一下，把眼睛粘住了；往耳朵上抹一下，把耳朵粘住了；往嘴巴上抹一下，把嘴巴粘住了；粘住了前腿又用后腿去踩。于是，猴子的眼、耳、鼻、舌、身五根就全部被胶粘住了，看也看不见了，听也听不见了。

猎人就出来拿绳子往猴王脖子上一套，把猴子全部拉到街上去卖了。

智者讲完了这个故事以后，就跟他的弟子说：“你们知道这个故事里的猎人是谁？这个猎人就是魔王，魔王了解人的习性，他就是利用大家的好奇心，把人的五根全部用胶粘住了。”

现在社会上形形色色的打着各种名义骗财骗色的邪教，他就是用胶把你的眼、耳、鼻、舌、身先给你粘住，然后把你卖了，你还不知道。

经典的故事喻义很深，绳子就是牵引，胶就是邪法。

礼 节

在人与人的交往中，大家都会意识到礼节的重要性。古人提倡“礼乐兴邦”，这关系到一个国家的兴衰。

“礼”的后面隐藏的是道理的“理”。上下之间有礼节，其实它后面所隐藏的是一种伦理秩序的道理。而“乐”是一种教化手段，因为教育老百姓不能光讲干巴巴的道理，而是要寓教于乐，进入一种化境。因此，古人说一个国家要“礼乐兴邦”。

反之，说一个国家情况不好的时候，叫“礼崩乐坏”，那也是观察社会风气的重要手段和标志。

对个人来说，“礼仪三百，威仪三千”，这是出自《礼记·中庸》。“三”在这里不是规定死的，并非说就是三百个礼仪，三千个威仪，而是说“多”的意思，至少要有这些规矩和要求。

礼仪重在实行。“礼乐兴邦”也好，“三百礼仪、三千威仪、八万细行”也好，重在落实。

在落实当中，一个要点就是要“知进退”。我们参加会议，参加宴会，去拜访师友，是不是都有一个进退？

在此，我只能够精简地告诉大家一条，“礼不过三，事不过三”。

让茶、让酒、让饭都不能过三。过了三以后就会让客人很难堪，主人也就丧失了自己的尊严。所以说，让茶、让酒、让饭，“礼不过三”。

“事不过三”是什么？我们和一个人一起共事，如果他第一次失败了，可能是偶然；第二次失败了，可能是条件不具备；第三次失败了，那就是能力问题了。

为了你的事业成就，一定要记住“事不过三”，不能够在一件事情上反复地交学费，甚至要记住“举一反三”，迅速地获得人生的经验。这样才能够把财力、人力、精力集中起来，达成自己的目标。

如果细说起来，在各种场合，人和人初次见面，叫“礼多人不怪”。

比如说打个招呼，递一杯茶，礼多，那人就不怪，说明你很热情，很周到。

反之，“礼多讨人嫌”。因为任何事情都是有反有正的，有手心就有手背。尤其是在商场上、官场上，当你的势力和地位与别人不对等的时候，你的礼节过多了，就会引起人的怀疑，至少会引起人内心对你的讨厌。

《道德经》说：“礼者，道之华而乱之首也。”为什么讲得这么严重？因为《道德经》讲的是道体，讲的是道性。按照《中庸》来说“天命之谓性，率性之谓道，修道之谓教”。因为道是率真的，是不允许有任何标签和包装的。

半僧半俗苏曼殊

民国年间，有一个说不明道不清的出家人，他的名字叫苏曼殊。

他的父亲是广东珠海的一个茶商，他的母亲是日本人。他20岁出家，35岁去世，留下的遗言是：一切有情，都无挂碍。

他是诗僧，一生中写了很多的禅诗。这些禅诗写得玲珑剔透，意境幽远。

他是画僧，他画的画在艺术界要价非常高，造诣非常深。

他又是一位小说家，他写的小说文辞优雅，故事情节绵密悱恻。

他还是一名革命者，早早地参加了革命。

他还有一点神经兮兮，关于他神经兮兮的故事特别多。

他还有一点抑郁症。

因此，当你闲暇的时候，看看《苏曼殊全集》——总共五本，欣赏一下他的画，看看他的诗，或许对你入世太深的人生有所启迪。

下面我们欣赏他的两首诗。

一

春雨楼头尺八箫，何时归看浙江潮。

芒鞋破钵无人识，踏过樱花第几桥。

他客居在日本，写下这首诗。

“春雨楼头尺八箫”，这是一个画面。尺八是像箫一样的乐器，只有一尺八长，因此叫尺八。它的声音非常独特，几近失传，但是在日本艺人当中极其流行，近年也有人在吹尺八。春雨楼头，有一个人在吹箫，想一想这个意境有多美。

“何时归看浙江潮”，那个人或许就是我了，在箫声里充满了对故乡的思念，我什么时候才能够回到故乡，看到浙江八月十五的潮水?

“芒鞋破钵无人识”，我走在繁华的闹市，穿着草鞋，托着破钵，没有人知道我。“无人识”里头包含了怀才不遇，放荡不羁，不被世人接纳的一种情绪。

“踏过樱花第几桥”，两岸落英缤纷，我走过了一桥又一桥，没有找到知音。

除这一首外，还有一首诗表现了他的僧心或者是禅心。

二

契阔死生君莫问，行云流水一孤僧。

无端狂笑无端哭，纵有欢肠已似冰。

“契阔死生君莫问”，我今天和你生死离别，天涯海角，你不要问我要去哪里。

“行云流水一孤僧”，因为我像行云流水一样，一个托着钵到处云游的孤僧，没有亲人，没有伴侣，没有红尘的羁绊。

“无端狂笑无端哭”，这句反映了一方面是怀才不遇，另一方面是对世事无常，对人间社会的一种愤懑的情绪。

“纵有欢肠已似冰”，你们只看到假象，看到我也去宴会，看到我也去茶社，甚至看到我去妓馆，其实我的心就像冰一样洁白，我的心已经像冰一样的冰冷。

因此，苏曼殊在死的时候留下的一句话：“但念东岛老母，一切有情，都无挂碍。”

爱与恨

粉丝：现在社会上的人常说“爱有多深，恨有多深”，您怎么看这个现象呢?

古柏：你在社会上会看到这种现象，师生关系、战友关系比较长久。你知道为什么？第一，它比较单纯；第二，它没有私欲，没有私人的感情掺杂在其中。再说得深一点，它没有利用的成分，就是纯粹的友谊，因此比较长久。

相反，有时候，父子关系、兄弟关系、夫妻关系，因为有私情深藏其中，因此在某种条件下，它会演变得比较剧烈，就会给你造成一种经验，就是“爱有多深，恨有多深”。

不过现在的人看得比较开了，比如夫妻关系，如果过不到一块，就会协商离婚，还可以继续做朋友。总而言之，不是非黑即白，还有一点可以妥协协商的余地。

本质地说，人生有八苦：生苦、老苦、病苦、死苦、爱别离苦、怨憎会苦、求不得苦、五阴炽盛苦。苦也好，乐也好，只是人的一种感觉。我们应该从心理学和社会学的角度去解决这些问题，而不是用感情去解决感情，用是非去解决是非。用是非去解决是非，永远解决不了；用感情去解决感情，永远解决不了。解决感情问题必须要靠理性，解决是非必须要靠智慧，谣言止于智者。

所以说，人生还是可以自在的，还是可以得解脱的，不是做不到，而是看你学得好不好。

心　愿

粉丝：人们到庙里来为什么总喜欢绑红布条？您可以给我们分析一下这种现象吗？

古柏：你看这红布条上面写的“天长地久”“喜结良缘”“工作顺利”“事业有成”，这都是老百姓的一种祈福、一种心愿来的。

这个心愿的后面是什么呢？现实生活当中，人不可能都是一帆风顺，不是你想讨老婆就能讨到的，也不是你想要有一个好工作就有的，更不是你想要健康就有的。有些东西是你求不到的，虽然你很努力。

因此，老百姓到庙里来挂个红布条，求个心安，求个吉祥幸福，这并不为过。在现实社会生活中，老百姓有一点心愿，是非常正常的。

当一天和尚撞一天钟

粉丝：我经常听人说“当一天和尚撞一天钟”，这不是典型的混日子吗？

古柏：你理解错了！“当一天和尚撞一天钟”，那叫爱岗敬业。

“不在其位，不谋其政。”如果你在那个位置上，你就得敲这个钟；你不在那个位置上，你敲钟，人家不处罚你吗？人家不说你是扰乱吗？

所以说，“当一天和尚撞一天钟”是禅宗的话。实际上，就是爱岗敬业，或者就是你在那个位置上一天，你就要把那一天的钟敲响、敲好。

粉丝：做好自己的本职工作。

古柏：对！所以这是好话，别理解错了。

人善被人欺，马善被人骑

粉丝：请问“人善被人欺，马善被人骑”这句话对不对？您是怎么理解的？

古柏：这句话如果你把它当真，你就会吃亏；你把它当假，你还会吃亏。下面我帮你分析一下。

在现实社会中，因为现实是残酷的，竞争是激烈的，善人讲道德，讲良心，在现实中就眼前来说，他一定是吃亏的。而且你越善良，有些人越会欺负你。

但是，宁可人负我，我不负他人。我们一心向善的心，绝不能因为自己被坏人、恶人整过而改变，还要一心向善，为善最乐。

粉丝：按您这么说，劝人向善，这不是叫人吃亏吗？

古柏：劝人向善它的内容比较深刻，意义比较广泛。如果你吸收消化不好，在现实中你是做不到的。做不到，你就会纠结。

你光善良，成了愚善；你学习传统文化讲孝道，成为一种愚孝；你忠君，成了愚忠。你必然就会以生命为代价去交学费。

所以，你可以善良，但是你必须要有智慧。

这个“智慧”，就是“道”的代名词，“其小无内，其大无外”，它像水一样是流动的。因此，你不但要体会到道体，而且在现实社会中还会有道用。

经典的妙用

粉丝：现代人容易患上心理疾病，读圣贤经典可以预防治疗心理疾病吗？

古柏：这要分几个层面来讲。

第一，读圣贤经典十分钟或半个小时，心里是清净的，心是可以歇下来的，这个对人歇下狂心、断除妄想肯定是有帮助的。

第二，用现在的话说，这些经典的内容都不是口舌是非、杂七杂八的家常话，因此肯定让人开心开智，就好像你穿越时空和圣贤对话一样，他们思想觉悟的维度都比较高，你当然可以心开意解。

第三，你要知道这些经典在说什么。你有烦恼、有妄念，肯定有很多纠结想不开，当你了解了读圣贤经典的启示与智慧后，你的心里不就搞卫生、不就搞大扫除了吗？经典讲到我们的心身世界，心病还需心药医，它当然是有帮助的。

古代的商人在商场上，也会吃亏上当；官人也会受到迫害，甚至被流放。他们没有寻死寻活，不是一样过得好好的。甚至那个困苦的环境，还激励了他们的上进心，磨炼了他们的意志，焕发了他们的青春。这样的事在古代比比皆是，一切贤圣皆从砥砺中出。

粉丝：可不可以这样理解，读圣贤经典可以帮助我们自我解读、自我认识？

古柏：从心理学上来说，读这些圣贤经典，肯定有利于自我解读。

读诵经典

粉丝：有人主张学习中国传统文化一定要读诵经典，您对这个问题怎么看？

古柏：在中国古代因为“学而优则仕”，那些人要考学，都是满腹经纶。但是传统文化断了一百多年，我们现在学习，当然离不开经典。离开经典，你就没有凭据。

还是我前面跟你说的，像《道德经》《阴符经》《清静经》《论语》《大学》《中庸》《金刚经》《六祖坛经》这些常见的经典你都不看，你说你学习传统文化，你不害怕走到阴沟里头？所以说要以经典为依据。

你领会了经典，就会改变你的世界观、人生观、价值观，因为人的观念会影响人的行为。你明白了老庄、孔孟、释迦牟尼他们的思想，按照他们的思想去为人处世，你不就变得解脱自在了吗？通俗地说，你的觉悟不就提高了吗？而且这样你还可以摆脱宗教的标签和包装，让经典真正回归到心灵。

粉丝：读经典的目的是让我们活学活用，用在当下。

古柏：活学活用那是后话，你首先要领会经意。经典在说什么？《六祖坛经》在说什么？《道德经》在说什么？《中庸》《论语》在说什么？你首先要领会它的意思。

领会了它的意思，然后才能够在生活工作中去慢慢地落实。比如儒家说“知行合一”，你得先“知”。你去北京，要先看地图。不看地图，你盲驾，往海南跑，那不就麻烦了？

但是像有的人说的，让孩子背经典背得晕头转向，摇头晃脑，不行！不学不行，太过了又不行。“读死书，死读书”，同样也是没有出路的。

玄　奘

粉丝：唐代的玄奘名声为什么这么大？

古柏：第一，他是佛学家；第二，他是翻译家；第三，他是探险家；第四，他是外交家；第五，他是中印文化交流的使者。因为他孤身西行，以白骨为标，“宁向西天一步死，不向东土半步生。”这些统称为“玄奘精神”。

“玄奘精神”是由三部分构成的。

第一，孜孜以求的求学精神。他的学问非常好，之前的佛教是道德劝善，缺乏认识论、本体论的思想。自从他把唯识学和般若类的经典翻译过来以后，佛学才真正为中国传统文化带来了新的内容。

第二，为法忘躯的求法精神。谁不贪生怕死？他一个人孤身越过葱岭，走过沙漠，九死一生去取经，这就是一种为法忘躯的精神。当然，弘法方面主要体现在他主持翻译佛教经典，用19年时间共译出经书75部1335卷。现在陕西的大雁塔就是他放经书的地方。

第三，以身表法的示范精神。就像老师一样“行为示范”。你的衣服上不是写的“学为人师，行为示范”吗？玄奘法师就做到了这一点。因此，唐太宗对他的评价极高：“松风水月，未足比其清华；仙露明珠，讵能方其朗润。”

心　斋

粉丝：吃饭就吃饭呗，为什么叫“斋堂”呢？

古柏：“堂”好解释，就是一个建筑样式，众人聚会的地方。“斋”就有讲究了。

第一个意思，你知道儒家讲“心斋”吧？“心斋”就是“坐忘”。

第二个意思，斋就是供，素食为斋。

第三个意思，斋心。你记不记得老百姓问的那句话：“和尚吃不吃肉，喝不喝酒？”和尚说：“不吃肉不喝酒。”然后又问：“你是口素还是心素啊？”那就是斋。

言外之意就是说，所谓修身修心，关键在于你心里头有没有名利是非，是不是无我，内心清不清净，而并不在于你非得吃素，或者要忌口。斋的深刻思想含义就是心斋。

正　念

卡巴金博士“正念”的修行方法在海外非常风靡。至少有三点值得我们好好地去学习。

第一点，将正念内化为生命生活的一部分；

第二点，正念就是活在当下；

第三点，七步方法来修行正念。

第一，接纳自己。当下的自己，不管是好是坏，接纳自己。就是把自己放回到每一个念头的当下，这个又叫觉知。

第二，归零的心态。不管过去、现在、未来怎么样，不管是好是坏，当下归零。

第三，放下过往。在自己的经历当中，有一些经历让我们怀念，有一些经历让我们痛苦，因此一定要学会放下过往。

第四，减少欲望。这也是最重要的一点，传统文化当中说“名缰利锁”，而他在这里说生命苦短，生命脆弱而又灵透。因此一定要减少欲望。

第五，信任自己。不管人生有多少风浪，相信自己当下的每一天都是美好的，也能够渡过一个一个的难关，包括相信自己可以改正自己的错误，重新给自己定位，寻找到新的方向。

第六，培养耐心。不管是学习、工作，还是修行，一定要有耐心，不可以焦躁。耐心是正面的人格，是一种持续的行径。

第七，客观地看待自己。判断与评价标准是谁定的？它使我们心情上下起伏，时间长了难以找到自己。因此，所谓正念，就是回到当下，让自己的心找到底线，找到边界。

即便是我们有目标，也要从每一天做起，从每一件小事做起，让我们在复杂的社会面前，保持正念，减少欲望，及时归零，找到自己心灵的安住点和平衡点。

祸害不长寿，好人一千年

粉丝：为什么老百姓说“好人不长寿，祸害一千年”？请帮我们解释一下吧。

古柏：首先，好人就是一心向善的人，在现实生活当中，他为人处世都是委曲求全，这样的话，他就憋气，受委屈，受打击，受迫害，总会吃亏。所以，从寿命上来说，有些人反而很短寿。

其次，就像地里种庄稼，你说是草长得快还是庄稼长得快？不管是旱是涝，草都比庄稼长得快。庄稼就好比是好人，好人就要辛勤地耕耘。坏人在一个气候条件下或者社会条件下，他就会疯长。但是我必须给你说明，这是暂时的，这是眼前的。

“积善之家，必有余庆；积不善之家，必有余殃。”所以，从漫长的历史来看，好人一定是这个社会的主流，能够让社会长治久安。

“祸害一千年”，是老百姓感慨的话，老百姓会说“哎呀！你看那个好人才活了40 岁就死了，那个坏家伙活了100 岁还没死”，其实是老百姓的一种良好愿望。所以要“听话听音，锣鼓听声”。

有　缘

粉丝：现在有很多人见了面就说“有缘”，这个到底有什么含义呢？

古柏：人和人要靠缘分，“有缘千里来相会，无缘对面不相识”，这个思想已经深入老百姓的生活当中了。我下面就分两个意思跟你讲一下。

第一，我们的精神世界和物质世界都是缘起缘灭的。言外之意就是说，让大家不要贪著一些东西，执念越深痛苦越大。

现在社会生活急剧地发展变化，生活压力很大，人的精神压力也很大。如果了解了缘起法，从心理学的意义上来说，可以开释自己的心怀，有些事情不要过于强求，对于感情、工作和生活，一定要知道缘聚缘散的道理。

知道了缘聚缘散有什么好处呢？人遇到事情就不会“胡同里扛竹竿”，一根筋，不懂得拐弯。其实，当你的事业、婚姻、工作受挫的时候，转念一想，“塞翁失马，焉知非福”。

第二，为了纠正这种思想，我还要告诉你最重要的一句话，“随缘努力，努力随缘”。随缘，你不能搞得太消极了，你还得努力随缘，随缘努力。

给你打个比方，就像水往下流一样，它会绕着山走，它会拐弯，但是它的目标还是要奔向大海。

执着与不执着

粉丝：关于执着与放下，到底应该怎样认识？

古柏：今天上午我就用这个宝贵的时间试着给你做一个分析和梳理，希望你能够听清楚，以免因为学习优秀传统文化，对自己的学习、工作和生活造成新的困扰。

我们生而为人，为了学习、工作和生活，都会有执着的追求。在传统文化中，你看到的那些词语，听到的那些说法，叫人不要执着，要放下，要无为，要自在，等等。那些话你一定要深思博辨，很好地吸收转化，而不要产生消极厌世和不作为的一种观念。

我们生活在现实的这个世界里，如果没有执着的追求，终将一事无成，最后会成为自己和他人以及社会的负累。

所以，孔子在《十翼》中说："天行健，君子以自强不息。"这是他发现了天道，天生万物，生生不息，努力地向上向善，发挥自己的德行。

从现代生物学的角度，我们不难发现，所有的生命都具有趋光性。哪怕只有一寸阳光，它都会努力地生长，并且开花结果。

我曾经在五台山和青藏高原，看到只有一个月就开花结果的植物，并为之动容。

至于说叫人看破、放下、无为等，是那些大人物，那些过来人，达到一定高度的境界。一般人照搬或者是学样，就会心行出偏，或者在现实社会当中，心里纠结。

很多时候，我们说不要执着，主要是针对心性的清净来说的。在这里一言两语很难把“无为而无不为”“入世和出世”的思想说清楚，你自己要细心地领会，并且记住，这是过来人的境界语，模仿不得。

鹰飞在万米的高空，它不扇动翅膀，一般的鸟雀是学不来的。我们看到有很多的大人物，他们在政治、学问、经济上好像无所作为，但那是一种大智慧的表现。

总之，叫人不要执着，是为了让他保持心性的清净。某一个人执着与不执着，一定要用大智慧审时度势。

发 心

粉丝：发心，到底是什么意思？

古柏：发心，从心理学的角度来说，你干一件事情最初的心理动机是什么？如果你的动机是纯正的，你的发心是勇猛的，你就一定能够坚持下去。这在佛教中就叫“发心”。辞亲割爱，云水生涯，四处求道，如果你不保持最初的发心，身体的病苦、生活的逼迫、人生的流浪，你的道心慢慢就会退掉。

粉丝：发心要做成某一件事情，比如我们想要做一番事业，在遇到困难时怎样去保持这个心不退呢？

古柏：有两种情况。

第一，看你发心的大小。我为了弘扬传统文化，与大家分享，这是发心；你为了自由，为了清净，这也是发心；你说我从农村出来，挣一点钱够花了，这也是发心；你说我还看到很多孤寡老人没人照顾，很多学生失学没钱上学，我要建更多的医院、更多的学校去帮助他们，这也是发心。这就涉及我们发心的大小了。

第二，要发长远心。你看小娃娃为什么学习不好？他今天看别人考了好成绩，就说“我也要考第一名”。到了明天，他一贪玩，就把自己的发心给忘掉了。所以说，你不但要发心，还要发长远心。

粉丝：那就是说在发心的这个过程中，还需要一个很好的善知识？

古柏：那当然，这又有两个原因。

第一个，你需要一个精神的拐棍。你往山路上爬的时候，你需要一个拐棍，这个拐棍就是善知识，它不断地耳提面命，鼓励你。

第二个，生活环境。如果社会风气特别好，大家尊崇文化、尊崇道德，那就便于修行。如果大家一切都向钱看，五欲六尘中，一个人面对千军万马，你是打不过的，慢慢地你也会退心。

世间的发心，说我要做学问，我要干成一件事情，我要帮助别人，这都是很不错的。这不是一句空话，你要落实到实际当中，需要每天都勇猛精进，长知识、长文化、长本领，你才能够长远，才能够日行千里。就像我们出门开车一样，不但要保养这个车，你还要给它加油，油路和电路都不能出问题。

粉丝：有的人会退心，这是怎么回事？

古柏：首先就是看他发心真不真、猛不猛。其次还有社会原因。比如唐僧去取经，要经过火焰山、经过沙漠，他说“宁向西天一步死，不向东土半步生”，这就与他的发心有关，而且你还得有能力、有毅力。

迟到的祝福

球友们打完球以后来我这里喝茶。我问："今天是七夕，牛郎织女鹊桥相会的日子，你们打完球还不回家呀？"他们回答："我们不太重视这个节日。"或许因为他们已经是中年人了，对于这个美好的爱情传说有自己的心得体会。但是这个节日真的值得一提。

七夕牛郎织女相会，是一个流传了千年的美好爱情故事，既浪漫又美丽，我们从小都听说过。这个故事的背后又是什么呢？爱别离之苦。我们在现实社会当中经常有相爱的人不能够相见，因为种种原因，人们为了弥补自己爱情世界的缺陷，就有了一个牛郎织女七夕鹊桥相会的美丽故事。

确实因为各种社会原因，相爱的人不能够在一起，尤其是女子，经常会害相思之苦。比如丈夫在外经商，为官从军，尤其是在古代，女子独守空房，内心的苦闷难以排遣。那时候交通也不便，也没有那么多的通信工具，因此古代在江边、海边多建望夫楼、望夫亭等建筑，可见爱情的相思之苦的影响面和涉及面是非常深刻而又广泛的。古代的小说和诗词当中，那更是连篇累牍，屡见不鲜。

人间社会不能没有亲情、友情，更不能缺少爱情。可是以爱情为例，不能因情害了相思病。我接触过几个女子，因为恋爱的失败害了相思病，难以自拔，这给生命带来了长期的深刻的困扰。所以，我们可以追求人间的种种情爱，但千万不能够因情伤害了自己与他人。

智者在人生八苦中，其中就指出了爱别离苦，而且他作为一个智者，对人间社会是非常了解的，也总结得特别好，叫爱别离苦。爱——母爱、父爱、爱情，它维系了我们的生命、家庭和社会；别——别战友、别同学、生离死别。

爱别离苦是人生八苦之一，其背后揭示了一个道理，我们的身心世界，穷其根源是没有主宰的，是无常的。

由感情到理智是一种超越。在你追求美好爱情的时候，当你生活在感情世界的时候，你是丧失了自己的理性，还是能够用理性的轮舵驾驭感情的这艘航船呢？

海水为什么是咸的？

海水为什么是咸的？

现代科学可能会从海水的成分告诉你，因为海水含有大量的盐分和其他的矿物质，因此是咸的。

但是，这是一个非常精深而又广袤的话题，三言两语不容易说清楚。

第一，天地形成，大雨如注，洗涤山河万物，收纳污秽，所以海水是咸的。

第二，有不可计算的生物，吃住都在海水当中，所以海水是咸的。

第三，天设地配，因缘使然。就好像被某种东西浸皱了一样，使得它必须是咸的，陆地的万物才能够得以存活。打一个简单的比方，就相当于我们必须要有一个收纳处理一切污秽的污水池一样。

那你又会问："海水会干吗？"

在经典中记载，当五个太阳出来的时候，海水慢慢地干涸，到人的脚脖子，海水就像春雨后牛蹄窝当中的水一样稀少而又珍贵，随后一直干尽，不能湿润人的手指。

海水干了以后，当六个太阳、七个太阳出来的时候，有大黑风暴起，把海底的沙子吹起来，一直弥漫到须弥山。所有的山都烧了起来，就像燃烧陶瓷一样。

在这样一个广袤的背景下，海水是咸的，海水会干，给我们提出了一个非常深远的警告，众生必须相依共存，善待同类，善待一切，我们这个世间才能够海晏河清、长治久安、风调雨顺。

古代文学中的经典

粉丝：佛教对中国古典文学的影响大吗？

古柏：从汉代白马驮经佛教传入中国，这一路下来2000年，对中国古典文学的影响肯定是非常深远的。

从宏观上来说，影响主要有两个方面：一个是因果轮回报应思想，对文学的影响非常深远；还有一个就是取材于经典故事的素材，对文学的影响很大。比如说《西游记》，毫无疑问就取材于《大唐西域记》。

粉丝：《西游记》里的唐僧，他的原型我估计就是西天取经、翻译经典的玄奘法师。

古柏：那当然，本来就是以玄奘为原型的。不过这里需要注意一个事，小说里讲的因果报应，实际上是中国文化的一种逻辑思想。我们不像西方人的概念逻辑、形式逻辑，实际上我们是一种普通逻辑。普通逻辑里头贯穿事物的就是因果思想。

粉丝：《水浒》中有没有佛教故事？

古柏：《水浒》和佛教结合最紧密的一个故事，就是鲁智深倒拔垂杨柳。故事发生在开封相国寺。还有一个，醉打山门在五台山，他喝醉酒就说明他对佛教的管理、对佛教的戒律不能适应，是他那个性格决定的。

粉丝：佛教的语言对我们中国文化有怎样深远的影响呢？

古柏：这就是第三个方面了，即所谓语言概念的影响。比如我们讲的心灵、心地、大千世界、智慧，你要离开佛教，你表达精神世界是表达不完整的。

唐诗宋词中，也有大量的禅学思想，比如说像王维他们这些人物。然后就是元代的散曲，明代的传奇，清朝的笔记小说，其中一般都有因果报应故事。还有你们看的“三言二拍”，“杜十娘怒沉百宝箱”。

四大名著，刚才我们讲了《西游记》。一部《红楼梦》，据周汝昌说的就是讲“色空”二字。表面上讲的是一个家族的兴衰，实际上是讲事物由“色”到“空”的一个过程。

我觉得从这个角度去研究佛学，是很有价值的工作，主要是因为佛教对中国文化的思想影响是非常深远的。

粉丝：另外我们古代的才子，为什么他们的个人修为上对佛学都有很深的见地?

古柏：因为在古代，上到君王，下到文人学士，他们都有可能出家。他们出了家以后，本身的文学修养和个人修养是很高的，在那个文化不普及的时代，那些人很愿意到这些得道的高僧大道这里来进行思想交流。

粉丝：好像有一句话叫作“无事不登三宝殿”。

古柏：这是民间的谚语。民间的很多谚语都和佛教有关，如“和尚打伞，无法无天”“无事不登三宝殿”“当一天和尚撞一天钟”等等。

一首奇特的爱情诗

今天上午和大家分享一首特殊的诗，是智者在修行的过程中写的唯一的一首充满哲理、充满感情的爱情诗，含义极其深刻。

彼岸花，彼岸花。
花开一千年，花落一千年，花叶永不见。
情不为因果，缘注定生死。

“彼岸花”，在经典当中又叫曼殊沙华，包含了一个动人的爱情故事。

有个美丽的男子叫彼，有个美貌的女子叫岸，他们生活在天界，但是因为某种原因，他们被阻隔，不能够相见。终于有一天彼和岸相见了，彼此相互倾慕各自的美貌，因此他们后来投生到人间，变成了坟头石缝当中的彼岸花。

彼岸花有一个特点，开花的时候不长叶，长叶的时候不开花，花和叶永不能够相见，写尽了人们幽幽冥冥的感情世界的纠缠与思念。

因此，智者感慨地说：“彼岸花，彼岸花，花开一千年，花落一千年。”这个“一千年”是永久的意思，不管是一千年还是一万年，不管是在天上还是在人间，花和叶都不能够相见。

“情不为因果”，这句话含义非常深刻，因为彼岸花只开花不结果。这个情是觉者的情，是菩萨的情，他对娑婆世界的众生充满了感情，但是它不为因果，完全就是一副慈悲的心肠，即我们所说的无我无私的大爱。

“缘注定生死”，世间的万物生也是缘，死也是缘，这就是我们常常说的缘聚缘散。

因此，这首诗不但感情浓烈，寓意深刻，而且表达了一个觉者透过现象看到感情本质的一段描述。

哪个徒弟厉害？

我给你讲一个故事。

有一个老师父在山里修行，收了三个徒弟，就像一般的家长一样，最喜欢那个聪明伶俐的小徒弟，就教给他一套武功。二徒弟也讨人喜欢，他给老二也教了几招。老大很憨、很笨，师父就不大待见他。

老大看见老二、老三都在学武术，就说："您教我两招，我将来给您看家护院，免得土匪欺负咱们。"

师父不耐烦地说："院子后面有个拴马桩，你每天就去踢那个拴马桩吧。"大徒弟每天担完水，就跑到那里"咔、咔"地踢那个拴马桩，一踢就踢了十年。

有一天，师徒四个在家，真的来了一帮土匪。

老和尚叫道："老三给我上！"结果老三上去叫人一拳就打飞了，因为他学了一套花拳绣腿。

然后叫老二上。老二上去不到几个回合也叫人打败了。

这时候老大说："师父，我上！"师父说："你平时也没念经，也没打坐，我也没教你武功。"他说："您教了，您教我踢那个拴马桩了。"老师父就说："那你就上吧！"

他走到土匪跟前，说："我站在这里，你踢我三脚。你踢不倒我，我就踢你一脚。”

土匪头子走上前，“咔、咔、咔”踢了他三脚，不但没踢动他，反把自己的脚踢痛了。

老大说：“我就踢你一脚，以后你就不要再来了。”说完，他上去“啪”一脚把土匪踢飞了。

那个土匪起来后，要拜他为师，说：“你才是真正的修行人。”

经典是心药

粉丝：昨天下午有一个美院的人来找您，对吧？

古柏：我下午有接待。后来我打完球以后在后院请他喝茶，他有轻度的抑郁。

粉丝：您怎么开导他的呢？

古柏：我叫他学习传统文化，这样就会对他有好处。心病还需心药治，他既然是心病，当然就要学习与心相关的知识和文化，来自己化解自己的抑郁。

很多人得抑郁症，或者是得焦虑症，表面上看上去是很可怜的，实际上是有原因的。第一个，学得少，妄想多；第二个，能力小，贪心大。

粉丝：您能给我讲讲什么是抑郁症和焦虑症吗？

古柏：抑郁症有心理和身体症状，比如说不想吃饭，失眠，不想与人交往，浑身难受。

焦虑症很简单，比如说我们喝水，拿起杯子喝完就会把杯子放下。人得了焦虑症以后，他喝完水也不放下杯子，精神老是处在一种紧张状态。心理学上说焦虑症有七大症状。

我很感慨，上百年来中国人没有自己的心理学，其实很多的圣贤教导就是中国人的心理学。比如说《三字经》《弟子规》

《百家姓》《千字文》《幼学琼林》，《道德经》《阴符经》《素书》《金刚经》《心经》，随便你念上一段，一把钥匙打开一把锁。

心病还需心药治。等到后来再吃药、打针、去搞心理咨询，那都是其次了。最主要是活在这个世间，我们要主动地面对这个世界，认识自己、认识社会，让自己放心、开心。

我经常跟他们讲，人活在世间得有一颗金刚心。如果是玻璃心、空心，那你还能活得好啊？

粉丝：这种症状有没有预防措施呢？

古柏：只要学习圣贤经典，就可以起到预防的作用，因为圣贤经典中不但有心理学的内容，还有社会学的内容。

粉丝：抑郁症、焦虑症是古时就有还是现在才有？

古柏：在古代有是有，但很少。因为古代是农业社会，生活节奏慢，环境比较优雅，关起门来过日子，交通也没现在这么发达，通信也没现在这么发达，经济压力也没现在这么大。

现在生活节奏快，经济压力大，交通通信都很方便。有人开玩笑说，打开网页啥都能看到，但发现都是别人的，不是自己的。你点开网页，什么好房、好车都有，但是和你没关系，“口水流了三千尺，一摸口袋没有钱”。

宝贵的生命

生命极其宝贵，得到人身非常难。但是要失去人身，一念之间，一口气不来，一瞬间就没了。一旦失去人身，万劫不复。

“人身难得，中国难生，佛法难闻。”人的生命到底有多么的宝贵呢?

第一个比喻“垂线穿针”。从须弥山上垂下一根线，掉到地面，而在地面上有一个针鼻子，那根线正好穿到针鼻子当中，那是多么小的概率!

所以说，当你没有搞清楚宇宙世界和人类社会以及生命本身的时候，珍惜当下的生命，犹如空中垂线穿针。

第二个比喻“盲龟穿木”。在茫茫的大海上漂着一截木头，木头上只有一个孔，而我们像瞎了眼的乌龟正好钻进这个孔中，而这个海是生命轮回的苦海，可见得到人身有多么的难!

第三个比喻“人身如露”。人身就像一滴露水，趁着夜色掉到了沙漠中，在日月不停的烘烤之下还能够不蒸发，那太难了!

因为生活的压力，我们有很多人自觉不自觉地就会陷入生活的困苦中，从而情绪低落，对生活失去信心，以各种方式来寻短见。

因为事业、爱情、财富、健康等，任何在生活中受到打击而去寻短见，都是佛法所不允许的，并且明确地告诉我们杀生、自杀都是愚痴的表现。

无论财富的得失、爱情是否甜蜜等等，道理非常简单，都是建立在有生命的基础上，换而言之，那都是身外之物。当人没有生命、没有健康的时候，一切都会成为泡影，没有生命就没有一切，这不需要商量。

有的人会得抑郁症、焦虑症、精神分裂症等精神性疾病，得了这些病是让人同情的。但是在没有受到爱情的纠缠、财富的困扰、权力的打压的时候，我们生命的原初状态就是自在光明的。你还记得你的童年时期吗？你的童年时期就是你生命的原有状态，而且在此之前的生命状态比童年时代还要自在，还要光明。因为你不修行，你不了解生命的原初状态。

我们今天长大成人，反而会因为爱情的困扰、财富的多少、事业的成败，把自己一步步地推向深渊，在抑郁中消耗着自己真正的生命。这是对生命的摧残。

生命是如此的宝贵！你应该保护好自己的生命，并且努力地让自己的生命变得更有质量。

嫉妒心

粉丝：有个朋友想向您请教一个问题，她说作为一个女人，经常情绪化，经常嫉妒别人，心量不够大，要怎样来控制好自己的情绪，扩大自己的心量呢？

古柏：首先，要读书明理。一般来说，女人都比较重感情，容易情绪化，这样就一定要做一件事，读书明理。读书当然包括读圣贤的书。明理是让自己变得理性，拿老百姓的话说就是要讲理。为人处世不讲理是不行的，你当老师、当医生、当家长，你不理性的话，工作生活只会让你搞得一团糟。对治情绪就是要理性，读书明理。

其次，要克服自己的心理障碍。人有嫉妒心，是常见的一个现象。比如别人比自己长得漂亮了，别人吃得好、穿得好，心中就会生起莫名的嫉妒。

除此之外，用情绪去处理个人、家庭和社会问题，都是不恰当的，因为生活、工作都需要理性。例如，一些女人一遇到财物问题，一遇到婚姻问题，就一哭二闹三上吊，那样只能把事情搞得更糟糕。因此，女人就要像过去的那些老母亲一样厚德载物，该理解的理解，该原谅的原谅，该容人的容人，心要宽厚。克服自己的这种情绪化，日子才会越过越好。如果遇到一点问题，不是用理性宽厚的态度去对待，而是撒娇耍泼，那样只会把事情搞得更糟糕。

具体来说，比如看一下道家的《道德经》《清静经》《阴符经》，其中道和术都有。比如佛教的《金刚经》《六祖坛经》，都会告诉你如何扩大自己的心量，增加自己的智慧。比如儒家的《论语》中，都有很多告诫人的名言。

总而言之，因为你的生命过于浅薄了，所以就会容易情绪化。就像小水爱起浪，大水不起浪，要起来就是涛。所以说很多大人物一般都是城府很深，轻易不发火，一旦发起火来地动山摇。而小女人一句话就会来情绪，一件事不顺就会闹别扭，只会把自己暴露在光天化日之下。

了解社会，应病入药

粉丝：现在有心理问题的人越来越多，请问您觉得如何才能帮助他们？

古柏：首先自己要有道心，念念在道上，自己心里清净了，有了智慧，你才能帮助别人。

其次要帮别人，你要有相应的知识和文化。具体来说，你要学心理学、社会学，要知道抑郁症的七种症状，要懂得如何通过话疗给焦虑症患者进行心理辅导。

如果你自己对心理学、社会学一窍不通，没有相应的知识是不行的。就像庄子讲的那个故事一样。

有一天庄子到监河侯那里去借点米。监河侯说："没问题，凭着我们的交情，等我收了邑金以后借你 300 金。"

庄子听了很气愤，立马讲了个故事。他说："在我来的路上，我见到一条小鱼渴得要死，向我求救。我就对鱼说：'你等着，西江的水很大，我去游说吴越的国王，修一条渠把水引过来，可以吗？'那条鱼说：'我只要一点点水就能活命，你却说这么多废话，如果等你把西江水引来，我早就没命了，你还不如早点到干鱼摊上去找我吧！'"

生活压力造成很多人得抑郁症和焦虑症，现在他来了，你能不能在当下就帮到他？一定要观察思考社会，不能吃饱穿暖以后只在那里空口白牙、谈玄说妙，那是不行的。

愚人食盐

有一个“愚人食盐”的故事。

有一个人到朋友家去吃饭。吃饭的时候，他告诉朋友说：“你的饭菜有点淡，没味。”他的朋友就加了一点盐，调和了一下。他吃了以后，有滋有味，很香。于是他回到家里以后，就空腹吃盐，吃得嘴里又苦又涩。

智者在讲完这个故事后，说有些外道听说节食可以得道，于是7 天乃至15 天不吃饭，忍饥挨饿，但是对修道没有任何帮助，这些愚人跟空腹吃盐的人犯了同样的错误啊！

因此，“行于中道”非常重要，必须用心去悟，才能够理解它的内容。我们不要像“愚人食盐”那样去修行，盐正合适，饭菜才有味道。

牛奶干了

有一个“愚人集牛乳”的故事，对人生有很多的启悟。

有一个人准备用鲜奶招待客人。他想：“如果提前准备每天都挤奶的话，要么多得没地方放，要么就会坏掉，我还不如把牛奶先储存在奶牛的肚子里。”于是，他把母牛和小牛分开来，不让小牛吃奶，保证客人来的时候有鲜奶吃。

过了一个月，他举办宴会招待客人，于是把母牛牵来开始挤奶。结果没有想到因为不用喂小牛了，母牛就不产奶了，所以他挤也挤不出来。因此，客人们有的就嘲笑他，有的就很生气，说：“你把我们叫来喝鲜奶，啥也没有，你这样做真是很愚蠢啊！”

智者在讲完这个故事后，说：“有的人行布施，要等到自己赚了很多钱以后再来做好事，没想到钱还没赚多少，就被官府没收、水灾火灾损毁、盗贼洗劫掉了，或者突然死了还来不及布施，这就跟‘愚人集牛乳’一样啊！”

智者用这个故事告诉世人，身心内外无住无常，当你起了善心的时候就去行动，不要等到错过了因缘再去帮助别人。比如说扶贫、助学等，当你有能力有钱财的时候，就应当及时去做，而不要等到钱没了，人老了再去做。

水底金影

有个“见水底金影”的故事。

有一个愚人跑到池边，看到池水中有金影晃动，于是他就下水挖泥，费了很大力气也没捞到金子。上岸后，等水清能看到金影了，他又下去挖。如此往复，徒劳无功。

到了吃饭的时候，他父亲在池边找到了他。父亲问他：“你在干吗？搞得自己这么辛苦！”他对父亲说：“我看到水里有金子，因此我就下水去捞，但总也捞不起来。”他父亲是个智者，等到水清了，知道金子是在树上，水中只是树和金子的影子。于是，他告诉儿子说：“金子在树上，应该是鸟衔来的。”因此按照父亲说的，他爬到树上把金子拿到了。

仔细品味，每一个小故事都会带来意味深长的启迪，让人心明眼亮。

夫妇食饼

有个“夫妇食饼共为要”的故事。

从前，有一对夫妇有三个饼，一人吃了一个，还剩下一个。两人相约，谁先说话谁就不能得到这个饼。于是，立了这个约定后，两个人都不说话了。到了半夜，有一个小偷进来偷东西，把家里值钱的东西都拿到手了。夫妇俩人因为之前的约定，看着小偷偷东西也都不说话。小偷见他们不出声，于是胆子越来越大，就当着丈夫的面来强奸这个女人。女人实在受不了了，就大喊抓贼，并骂她老公：“你真是蠢啊！为了一块饼，贼来偷东西也不叫！”她的丈夫却拍手大笑，说：“你输了，你输了！这个饼是我的了！”

这就告诉我们，一般的凡夫俗子都是追名逐利，被世间的假象蒙蔽，被种种的烦恼困扰，被恶贼盗走了自家珍宝还不知道，仍醉生梦死，沉溺在财色酒气中也不知道出离，这样的人和故事里的蠢人是一样的啊！

天下名山僧占多

粉丝：我之前特别爱旅游，去了四大佛教名山、四大知名的石窟，还有很多很多的名山大川，几乎都和佛教有关系，这是为什么？

古柏：俗话说“天下名山僧占多”。这是怎么回事呢？出家人为了清净修行，他们往往跑到深山老林里去，时间长了，修道成功了，或者是因为懂医学，或者是懂文化，总而言之，受到群众的拥护，慢慢地就建起了一座庙宇。庙宇多了慢慢地就形成了名山。时间久了，名山慢慢地就有了历史，有了文化，有了旅游。

以普陀山为例，相传五代后梁贞明二年（916），慧谔和尚远渡重洋来留学，回日本要带走一个观音像——不肯去观音，后来就形成了普陀山。过去的普陀山，先是海盗，接着是军人，真正大规模的建设是出家人登岛以后才开始的。你就要举一反三。佛教有四大名山——五台山、峨眉山、九华山、普陀山，四大石窟——莫高窟、麦积山、龙门石窟、云冈石窟，还有八小名山——江苏狼山、南岳衡山、中岳嵩山、江西庐山、滇西鸡足山、浙东天台山、陕西终南山、北京香山。

碑寺塔窟，都是佛教文化的载体，影响了我们的语言、思想、习俗、文化、艺术的方方面面。所以说，大学问家到最后对佛学都是有研究的。

你们现在出去旅游，一定要顶门长眼，不但要看这些风景名胜、人文景观，而且要知道它的历史沿革和思想文化。不能像一只蚂蚁——二维的，从树叶的正面爬到背面，而人是三维的。

局 限

其实人活在世上，方方面面都有很大的局限性，有历史的局限，有社会的局限，也有人本身带来的局限。我们讲这些局限，是为了让人更清楚地认识到自己，打破自己的局限，不断地提升自己生命的境界。

第一，历史的局限。

以史为鉴，可以知兴替。历代帝王虽然身居高位，但是他们囿于自己所处的时代，都有历史的局限。比如说，思想文化带给他们的局限，秦始皇服食丹药以求长生，演绎出很多的故事，以法家治国，最后反而遭到了祸害。

第二，社会的局限。

中世纪以后，随着科学与宗教的分道扬镳，科学时代到来，给我们的生活带来了很多的快捷和方便。于是，科学就成了衡量一切事物的尺度，产生了科学主义，甚至于“科学迷信”。

第三，人的局限。

伟人、领袖、思想家、哲学家都有思想认识的局限。

自　性

粉丝：请问什么是自性？

古柏：打个比方，自性就像这个水面一样，本来是纯净的、一尘不染的。古代的祖师经常用镜子和水面来比喻自性，就是本自清净。

粉丝：体现在人身上是什么？

古柏：我们平时说这个人善良、纯洁、清净、真诚，这都是自性的表现。

粉丝：物质有自性吗？

古柏：我们讲到物质的时候，不讲自性讲空性。自性和空性，最根本上是一个东西，不是两个。

粉丝：植物、动物和矿物，在本质上有一个统一的东西吗？

古柏：有啊！统一的东西就是空性，缘聚缘散，最终都是性空的。认识到这一点，人的智慧就开了，人的烦恼就可以断掉，而且活在世上当下就可以自在、安稳。

粉丝：我还想请问您，儒家、道教和佛教是一样的吗？

古柏：你问得还很深的。

在道家就叫道性。“道可道，非常道”，《道德经》里最终在说一个什么呢？实际上在说一个境界，那个境界就叫道性。道家也讲问道、修道、悟道。

儒家叫良知良能。孟子认为人的良知良能是先验的，是先天的，是本来就有的，不是后天学来的，也不是别人教给你的。为什么良知良能丢掉了呢？是被人欲和物欲蒙蔽掉了。

佛教说我们的心本来像泉水、像镜子，是清清净净的，“时时勤拂拭，莫使惹尘埃”，就可以让自性呈现出来。

儒家、道教和佛教的方向是一致的，但是语境的深浅不太一样。

粉丝：大千世界的本质是什么？

古柏：这世界的本质是高度统一、高度一致、清净无染的。

我们现在有宗教冲突，国家之间有地区冲突、利益冲突，地球环境越来越脆弱，人口越来越多，资源越来越匮乏，环境变得越来越恶劣。如果我们意识到了大家都是命运共同体，当下这个世界就会变成一个美好的世界。

相由心生

“相由心生”到底对不对？有没有道理？我们今天和大家来交流交流。

我个人认为是非常有道理的。相貌既是一个人心理、健康、幸福的当下表达，也是环境对人产生的影响会从人的相貌上表现出来。

毫无疑问，长期的心理活动和行为习惯会影响人的相貌，人的相貌改变是一个长期的过程。比如说满怀慈悲的人，久而久之就会慈眉善目，面部就会像满月一样变得丰满。老百姓常说的心宽体胖，实际上就有这个意思。

佛学里讲得很深，说“种子生现行，现行熏种子”，生命整个的过程是一个相续相生的，不是一个孤立的片段。

儒家说“少成若天性，习惯成自然”。说一个人小时候养成的习惯，对他的老年都会有影响。如果小时候养成了不良的习惯，就像树苗长歪了，没有进行修正，长大以后就成了一棵歪脖子树。

我们下面来理解一下《心相篇》里的三句话。

“心者貌之根，审心而善恶自见；行者心之表，观行而祸福可知。”

我们的思想和行为是表里关系，是高度统一的。听其言，察其行，就可以知道他的心。我们说字为心画，言为心声，审明其心，可知其行。很多时候，我们知人知面不知心，因此就会交学费。

“开口说轻生，临大节决然规避；逢人称知己，即深交究竟平常。”

成天说自己死了算了的人，其实是最怕死的，它的心理学意义就在于“此地无银三百两”。就像一个人写论文，某个词出现的概率最高，就反映了他的潜意识的存在，这具有社会心理学的意义。像《冰鉴》《心相篇》这些书，是我们中国人自己的人生经验和心理学，应该好好地学一学，免得人生老是交学费。

“知其善而守之，锦上添花；知其恶而弗为，祸转为福。”

福和祸是可以互相转化的。贪生怕死、避祸向福、离苦得乐是生命的三大本能。人生的关键在于知其善而守之，比如说知道自己的智慧，知道自己的福报，知道自己的知识，知道自己长得很端庄，心地很善良，就应当恪守，恒久持之。这样一来，就能够保持自己在较高的品位上运行。反之，知道自己的短板就弥补，知道自己的坏毛病就尽量克服，这样也能够离苦得乐，避祸向福，转危为安。

轮　回

粉丝：树叶为什么会黄啊？

古柏：这是植物学、生物学的知识。树叶到了秋天以后，一方面干燥，水分供应不足；另一方面有一种叫作脱落酸的植物激素，能刺激叶片脱落。所以说，黄叶感觉很美，其实对树来说是一种缺水的反应、干燥的反应。

这对我们的启发就是：春、夏、秋、冬四季轮回，表面上它落了叶，实际上它在长身子，每落一次叶，树身就长粗一圈。到了冬天天冷的时候，它就开始长根，冬藏嘛！所以说，春天长叶，夏天开花，秋天结果，冬天生根。

对人生的启发是什么呢？人有生老病死，你不用贪生怕死。你不能够有情执，说我怕死，那是没有用的。我们的念头有生住异灭，产生了一个想法，这个想法又改变了，又有一个想法出来了，生生灭灭的。

大千世界，大到星际空间的星球，小到我们所处的这个地球，都是成住坏空的。但是宇宙的“春夏秋冬”，它是非常漫长的。我们爱护自己，爱护环境，但是用不着杞人忧天，害怕哪一天地球坏了，哪一天虚空坏了。

空杯的心态

粉丝：现在有人经常说，要用“空杯”的心态来接纳很多事物。

古柏：是我给远大题的字叫“空杯”，然后这个词就流传开了。

粉丝：该如何理解“空杯”呢?

古柏:“过去心不可得，现在心不可得，未来心不可得。”过去的心是记忆时，现在的心叫发生时，未来的心叫未来时。当你活在记忆当中的时候，说明你老了。当你老是幻想着未来的时候，说明你还不成熟。所以说，要安住当下，把当下的事情做好，把当下的问题解决掉，把心摆正。

第一个意思，你对自己的精神世界要学会清零，不要活在记忆当中。活在记忆当中，老是想到自己过去的痛苦，人就会负担很重，叫精神负累。

第二个意思，所谓空杯，不管你当官发财，成功和失败，在你生命的当下要归零，不要躺在功劳簿上，也不要沉溺在苦海当中。当下归零，就是“空杯”的意思。

“空杯”是一个非常形象的说法。比如说这个杯子是空的，我才能把茶倒进去。当然，把酒倒进去也可以，把药倒进去也可以。当你这个“杯子”是空的时候，你就可以随方就圆。

很多人痛苦烦恼是自找的，他和别人不融，他的杯子没空掉；他和社会不融，他的杯子没有空掉。所以说，学会“空杯”，噩梦就少了好多。

粉丝：刚刚您讲把心摆正，要有一个正面的心态，是不是我们做事情的时候，也要“正行”呢？

古柏：那是肯定的！还是神秀说的那句话对老百姓很实用。“时时勤拂拭，莫使惹尘埃。”

除此以外，它对于抑郁症、焦虑症、躁郁症患者，帮助意义很大，尤其是心理上的。你之所以忧愁苦恼，就是因为你不归零，不空杯。

除了“归零”以外，还要“归位”。

你干啥就吆喝啥！你明明是医生，明明是老师，你入这个行了，却老想着发财赚大钱。你本来当官了，又想着发财。所以国家领导人说“你当了官就别想着发财”。你跑这里头干吗来了？你这个角色就是为人民服务的。

最后一个就是“归心”。不是谁要管你，不是谁要监督你，是你自己要把它变成你生命的自觉，也就是归心。

粉丝：“空杯”和“空心”不是一码事吧？

古柏：两码事。空心是什么？“空心”是说老公挣钱了，孩子上大学了，自己穿着名牌，有吃有喝，睁开眼睛不知道干吗。先是“空心人”，久而久之就得了“空心症”，说白了就是觉得活着没意思。

一旦得了“空心症”，我告诉你，那比得抑郁症和焦虑症还麻烦。抑郁症是碰壁太多，焦虑症是想要干的事干不成，空心症是物质极度发展以后，人的心灵空了，没有方向了。拿现在流行的话说，要么就是躺平，要么就是消极厌世，觉得活着没有意思，精神被抽空了。

所以说，富裕起来的中国人，如何建立自己的文化体系，如何建立自己的信仰，比吃药都重要，但是大家没有认识到这一点。

许嘉璐先生说：“阳明心学是治疗今天中国社会癌症的一剂良药。”阳明心学讲“致良知”，讲“知行合一”。中国人要不要致良知？医生、老师、商人、官人，要不要致良知？

对现在富裕起来的中国人，“空杯”是非常形象的一个说法。因为道是清虚的，你心里有一个空杯，装啥都可以。如果你心里塞得满满的，你啥东西能学得进去呢？所以说，想让自己轻装上阵，精神上没有负累，就必须要空杯。

直　觉

学者： 请问什么是直觉？

古柏： 生命的直觉就是通过六根——“眼、耳、鼻、舌、身意”，采集到的信息是天然的，不是人工加工改造过的。我们投身为人，六根是天然形成的，没有添加剂，没有防腐剂，也没有黏合剂，更没有助燃剂。总而言之是纯天然的。

学者： 怎么知道这不是错觉呢？

古柏： 错觉是由外在事物的伪装，以及自我心中心水不清造成的。也就是儒家、道家、释家所说的人欲造成的。心水不清，是因为内心不宁静，有欲望，被人欲牵动。

学者： 这有什么道理呢？

古柏： 良心、自性之类，是本自具足的，这一点很重要。儒家叫良知良能，佛教叫自性。它藏在我们身体的后面，是本自具足的，是先天的，是先验的。

儒家讲得非常精到。一个孩子，就是生活在山里头，没有进行过任何知识和道德教化，你让他脱裤子，他都会感到害羞，那就是人的良知良能。

佛教讲得更深刻，说你在三界六道轮回了无数遍，转得头昏脑涨，乃至浑身被黑得像煤球一样的恶业包裹，但自性依然存在。因为你只要会说话，能够听懂人话，就说明你的人性还没有泯灭。

学者：良知良能和自性是什么呢?

古柏：古代的大德们为把众生叫醒，说自性如月如泉如镜如水，自然知道对错，自然知道冷暖，自然知道善恶。因此，儒道释三家都会强调清静、本心、静虑之类。只有清静了，回到本心，能够静虑，你自然能知冷知暖，知善知恶。

学者：如果良心、自性泯灭了，怎样才能够恢复?

古柏：儒家告诉我们，人要做一点心性功夫，讲慎独，讲静虑。只要你能够在工作学习生活中静虑和慎独，你就不会上当受骗，就不会昧着自己的良心去投机，去虚荣，去交学费。

道家告诉我们清静，且专门有一本《清静经》。《道德经》叫我们“守静笃”。虽然话很短，但是直指我们的心性，说明在我们五欲的肉体后面有一个东西是非常干净的。

佛教讲止观。止就是定，观就是慧，把你狂心歇下来，用原本的智慧去看这个世界，你的直觉就会变得非常的好。

佛教还讲静坐、讲禅定。静坐是粗浅的功夫；禅定是四禅八定，功夫就很深了，彻底清除人心的纷扰。

静坐、禅定都是为了提高生命的觉知能力。比如，起先我对抑郁症、焦虑症、精神病患者会观察他们的言行，后来我不用观察，从他们的气味乃至带给我的信息，我就能知道他们的心身是处于什么样的状态，是健康还是亚健康。

下面我从日常生活来讲讲这些道理。

以味觉为例。

我们小时候趴在溪边就喝水，夏天就泡在河里游泳。我们过去吃的鸡蛋、西红柿是什么样的味道，你还记得吗？理论和数据是不是蒙蔽了你的真心，让你的生命渐行渐远了呢？

尤其是学历高、知识多、物质极其丰富的人，要格外地学会回光返照。因为你所有的指标和标准都是别人给你设定的，并且以别人的指标为自己幸福的源泉。

我现在告诉你，别人给你的都会拿走，只有你自己悟到的别人拿不走。所以，这是生命的觉醒，是自己心地上的功夫，和别人没有关系。

总之，修心吧！心清净了，好人坏人、好事坏事、好味坏味，不用看说明书，不用看指标，眼睛、鼻子、嘴巴自己都是知道的。

再以口为例。

有朋友到我这里来吃饭，我们寺庙自己种的青菜，他说有点苦，有点麻，因为他吃惯了没有滋味的大棚蔬菜。苦和麻本来是蔬菜自带的味道，而我们已经失去了真正的评判标准。由来已久，我们已经被某种东西裹挟了。

孩子不喜欢吃药，因为药是苦的，虽然药能治病。我们可能会让自己成为药罐子，成为药物依赖的患者。但是孩子不愿意吃药，是他保留了一种生命本自的觉知状态。

人生苦乐

粉丝：有人说“人生是苦”，但我不觉得苦啊！活了这30多年，我觉得挺快乐的。

古柏：你快乐的原因，第一个是父母给你创造了良好的家庭环境；第二个是你自己本身的素质；第三个是你的智力和情商，知道自己该做什么、不该做什么。这样就给你造成一种“人生是乐”的假象。

粉丝：假象？那您给我说说真相吧。

古柏：“人生是苦”，主要是因为人生的本质是无常的。比如说一切生命都在生老病死中，这个世界没有一个固定的一成不变的东西。

但有的人觉得人生是苦，于是就产生了一种消极厌世的情绪，在世间活得很颓废、很消极。这是不对的，因为人身难得，所以你该更加珍惜生命。

粉丝：听您这么讲，我感觉我大多数的时候是在“苦中作乐”，是不是这种状态？

古柏：这又有两种情况。

你如果去问你的父辈，他们经历了那个年代，有很多的社会经验，一定说人生是“黄连树下弹琵琶”——苦中作乐，这是一个观点。我就问过我妈，我说您都80岁了，那您回忆人生是苦是乐呀？她说“苦乐参半”。

还有一种情况，认为“人生是乐”。比如说像你受过高等教育，然后又去支教，回到家里找媳妇，结婚生子，一切都很顺利。我们不能否认感官现象的乐，眼睛看到美，嘴巴吃得香，耳朵听到音乐总是比听到骂你的声音舒服，这个乐是现象。

“苦”又分“苦苦”“坏苦”“行苦”等几种。苦苦就是贫穷困苦；坏苦就是虽然富贵，终将失去；行苦就是无常的苦，由少而壮，由壮而老，由老而死，随其一生念念迁流。

当然，乐也好，苦也好，只是一种感受。和尚没酒没肉没老婆，背着包到处跑，你觉得很苦，他却不苦。所以说，苦是一种感受，顺情则乐，逆情则苦。顺着你的心思了，你就很乐；逆着你的心思了，你就很苦。

粉丝：是不是要“不以物喜，不以己悲”？

古柏：这是儒家的观点，说做人尽量保持“中庸”，得了也别大喜过望，失去也不要十分痛苦。就像骑车一样，尽量保持平衡，别从人生的自行车上掉下来，平平安安地出发，平平安安地回家。这叫“中道”。你住在苦的一面，消极颓废，那是不对的。你乐得忘乎所以，为所欲为，也是不对的。你要尽量像漂木头一样，两岸都不靠，这就是“中道”。

平常人做平常事，平平安安、健健康康地度过这一辈子。

不可说

粉丝：“不可说，不可说”，这是啥意思呢？

古柏：这句话太妙了！“不可说，不可说”，简直就是省略号，就是无穷大。

为什么“不可说，不可说”？

第一，无量无边的众生需要无量无边的法，法是说不完的，“不可说”。

第二，一个智者在证悟以后，他获得的智慧像海洋一样，语言不能穷尽。就像我们到海边，只能看到海浪以及撞在礁石上泛起的浪花，你无法了解海的全貌，因此叫“不可说”。

第三，智者的境界是不可说的。应以什么身得度，他就以你需要的形象来现出，没有我执，没有法执。所以说，境界太高妙了，用语言也无法穷尽，这也叫“不可说”。

如果佛道互参，《道德经》中说“知者不言，言者不知”。“知者不言”，到了春天，猫叫春，狗交配，到了这个时间自然就知道该干这个事了。到了春天，草就绿了，花就开了，还用说吗？道法自然，表现在动物和植物上，它是不用语言表达的。“言者不知”，这是对人类的一种批判，要知道语言是一种分别，是一种欲望。

语言是二维的，有很多的歧义。语言又是线性的，要表达爱情很难，两个人谈恋爱的时候是心照不宣，心心相印的。

用语言没有办法真正表达人类的情感，用语言也无法把世间事都说完，所以说“不可说，不可说”。

以后你遇到秘密的事，遇到特殊的情况，你就说“不可说，不可说”，妙不妙啊？！

方　便

粉丝：什么是“方便法门”呀？

古柏：首先，什么是“方便”呢？

我们在盖房子的时候，一定是先有四梁八柱，然后再砌房子。一定要留有门窗，透气采光，方便出入，这就是方便。

再从为人处世来说，与人方便，与己方便。比如说，你是老板，你是官员，你是邻居，你给别人提供了方便，就等于自己有了方便。比如出门开车道路拥挤的时候，我们稍微给别人留下方便，我们自己也方便了。

“方便”这个词源于佛教，但是在日常生活中被大家广泛地运用了。

其次，方便的实质是什么呢？

方便的背后隐藏的是实相。我们说的实相，不是我们平时理解的某一事件的事实真相，而是指一个人通过修行证到了人生宇宙的本来面目，很难用语言文字来表达。佛教讲的佛性和道家讲的道，有异曲同工之妙，所谓圣人所见略同。

最后，方便有什么利弊呢？

其实就是我们平时在社会上说的原则与方便，什么情况下应该讲原则，什么情况下应该讲方便。

我在这里就给你举一个例子。

鸠摩罗什法师智慧辩才无碍，后秦的国王姚兴太爱惜他了，就在他身边安排了很多的美女。言外之意就是，你这么优秀的人，要把人种给我留下来。被逼无奈，罗什法师只能照办，其他的僧人也纷纷效仿。

有一次过堂吃饭，罗什法师就从钵里拿出一把针，他说：“如果你们和我一样把针吃下去以后不死，就可以和我一样娶妻生子。”他就把这一把针吞下去，所有的针都从他的毛孔中冒出来了，他有这样的能耐和神通妙用。

当时有八百多位出家人聚会在逍遥园，跟着罗什法师一起翻译经典。罗什法师对大家讲：“如果我翻译的经典都是对的，我死之后，用火焚化，我的舌头不会被火烧化。”等到罗什法师圆寂荼毗的时候，他的舌头果然一点也没有烧坏，完完整整的。

他以此来证明自己修行的功夫和境界，并且给我们后人留下了一句名言：“但采莲花，勿取臭泥。”

你在修行的时候，你是采的花，还是挖的泥呢？我们有些人没有智慧，挖的都是泥，没有采到花，那就太可笑了，太可怜了！

处 世

粉丝：有没有什么妙招与人们相处啊？

古柏：今天教你四招。第一，当头棒；第二，脑后针；第三，软馍；第四，硬馍。

“当头棒”，有些人自视有修行，自视有文化，自视走遍了天下的丛林，很高傲，很清高。与这种人相处，一定要给他“当头棒”，清水下挂面，有盐（言）在先。

“脑后针”，有些人特别聪明，有灵气，但是很腼腆，很内向。你就“脑后针”，把他点破就行了。点破不要说破，他自己就知道了。

“软馍”，“馍”就是馒头，北方人吃的馍馍。有些人自己认为知识文化很多，他说啥你都表扬他。就像刚蒸出来的馒头一样，让他吃一个又吃一个，到最后把肚子撑破了，他就意识到自己很难受了。

“硬馍”，就是挂在房梁上风干了上千年的馒头。有些人伶牙俐齿，你就给他“啪”一咬，把牙崩了。

秘境朦胧诗

粉丝：“空手把锄头，步行骑水牛。人从桥上过，桥流水不流。”请问这首诗是谁写的？

古柏：这是南北朝傅大士写的。

粉丝：这首诗是什么意思呢？好像挺玄乎的。

古柏：先给你讲两个故事。

第一个故事，傅大士年轻的时候，常去捕鱼，捕到鱼后，每次都要把装鱼的竹笼沉到水下，使这些鱼有自由离去的机会，并说“欲去者去，愿止者止”。因此，人们讥笑他是愚人。

第二个故事，他后来出家以后法名叫善慧，又叫傅大士。梁武帝请他去讲《金刚经》，他升座后把抚尺一拍就下来了。梁武帝说：“我布置这么庄严的道场请你讲经，你怎么一句话没说就下来了？”他就反问梁武帝说：“《金刚经》在说什么呀？”梁武帝说：“《金刚经》在讲‘般若性空’。”傅大士说：“那不就得了，一讲不就多了嘛！”

然后再给你讲讲这首偈子。

“空手把锄头”，讲的是“色空关系”。正因为手是空的才能拿锄头，好像是说了一句废话，但能让你言下大悟。

“步行骑水牛”，其实讲的是“有无关系”。有水牛就骑水牛，没水牛就步行，都可以。

“人从桥上过，桥流水不流”，这其中就涉及得更深了。

首先从禅宗来说，一个开悟的禅师看人间的生活，他是多角度、全方位地看。他可以从空的角度看，也可以从有的角度看；可以从愚的角度看，也可以从智的角度看；可以从得的角度看，也可以从失的角度看。

总而言之，他不会像俗人一样黏住在一个理论、一个事相上去看事物，总是换个角度去看事物。就像全息摄影一样，全景全方位地审视这个世界。

用狭义相对论来解释，以桥为参照物，“人从桥上过”，桥不动人在动。桥和水也是相对的，以水为参照物，“桥流水不流”。参照物不同，动静也是相对的。

以桥为参照，水就是流的；以水为参照，桥就是流的。以妄念为参照物，生命就是生老病死、轮回不息的；以清净心为参照物，妄念就是生住异灭、自生自灭的。

我们古人对于人体的认识，对于社会和自然的认识，那真可以叫“文化自信”。只是大家现在学了个皮毛，学了一点知识就急着去用，没有把它悟透。

从方法论来说，不管是佛学也好，还是道学也好，古代的人都是把自己的事情先搞明白，搞清楚，由内而外觉悟到整个宇宙的实相。而西方人认为先到外面认识宇宙，再来认识自己，那就舍近求远、舍本逐末了。

古人对于人生和世界的认识靠的是悟性、觉性和直觉，靠的是内在的智慧，而不是靠外面的方法和知识。

粉丝：从某种角度上来讲，是不是就达到一种“天人合一”的境界了？

古柏：实际上，“天和人”压根就是合一的。没有日月，哪有父母？没有父母，哪能生儿育女？人从晚上做梦到白天拉屎尿屎，从来就没有离开过天地。

心理学告诉我们，人每半个月初一、十五心情起伏；生理学告诉我们，女人每个月来月经，海水潮涨潮落，都有规律。地球、月亮和太阳三者的“恋爱关系”就影响了我们整个人类的生命。

所以说，中国古代人讲的那些知识，如果不把它继承下来，那真是太可惜了！

怎得梅花扑鼻香?

粉丝：请教您一首禅诗：“尘劳迴脱事非常，紧把绳头做一场。不经一番寒彻骨，怎得梅花扑鼻香。”

古柏：解读禅诗就像品茶一样，你得静下心来仔细品味，才能够品出它的味道。

“尘劳迴脱事非常”，是说参禅打坐、明心见性这个事。根尘迥脱，要达到这样的境界不是一般的人能够做到的。

“紧把绳头做一场”，就像一个人攀登高峰，抓了个绳头，手绝对不能软，心绝对不能慌，奋尽全力才能够攀登最高峰，一旦松手就会坠崖身亡。

“不经一番寒彻骨，怎得梅花扑鼻香。”你要想当人上人，要想达到一定的境界，要想得到一番成就，就要冲破种种的困难，不断地超越自我。

就像梅花经过了一个一个的严冬，枝干虬立，刚劲有力，在北风的料峭中，在霜雪的打压下，百花消尽之后，唯有它的清香绽放在枝头。

云在青天水在瓶

粉丝：昨天我看了唐朝李翱写给药山惟俨禅师的一首绝句，其中有一句话我觉得禅机很深——“云在青天水在瓶”。

古柏：这属于禅宗的公案。什么叫公案呢？公案如同破案的一个案例，你学了这个案例，从中能悟到一些比较深奥的道理。

先给你讲一个故事。

当时李翱在湖南当太守，他的文化底蕴很深。深到什么程度？你要是了解宋明理学，就知道从唐代的李翱开始，就已经有宋明理学的影子了。什么影子呢？就是把佛道的思想融化到儒学当中，让儒学变得活泼泼的，不再是一个简单的伦理教育，而是一种心性的修养和功夫。李翱还写了一篇文章叫《复性书》，也就是回归到本性的意思。

药山惟俨有一天晚上登山径行，忽然云开见月，于是大啸一声，声震四方，方圆九十里都听得见。

这个消息很快传到了李翱的耳朵里，但是屡请不来，他只好亲自去拜访。见了药山惟俨以后，李翱就问：“什么是道？”

药山惟俨就指指天，指指地，问：“会吗？”这意思就是道就是天地，道就是阴阳，道无处不在，涵盖八方。

李翱不懂，药山禅师就说：“云在青天水在瓶。”

于是他回去以后，越琢磨越觉得这个话深，心灯就亮了，开了一点悟，便写了一首诗：

炼得身形似鹤形，千株松下两函经。
我来问道无余说，云在青天水在瓶。

下面再简单给你讲讲这首诗。

“炼得身形似鹤形”，是说我看到药山惟俨禅师条件很艰苦，枯瘦如柴，在那里修炼。

“千株松下两函经”，可见那时的寺庙并不是巍峨辉煌，没有大佛，没有大像，也没有金光闪闪的宝塔，很可能就是个茅草庵。

“两函经”用意是很深的，要么指的是“戒定”，要么指的是“般若类的经典”。也就是说，老和尚这一辈子就伴着青灯黄卷在过日子，没有任何物质上的享受。

“我来问道无余说”，我来问道他什么也没跟我说，只是告诉我“云在青天水在瓶”，让我自己悟。

自然界的妙道，云在天上飘，水在瓶子里，一切当下现成，般般自然，不在知识里，不在书本里，也不在你的思维和教条里。

药山惟俨在禅门的历史地位非常显赫，以他的悟性影响了一代又一代的文人学士。

心好福来

粉丝：我特别喜欢四个字——“心好福来”，请问有什么更深的含义吗？

古柏：儒释道三家说一千道一万，核心词就是“心”。儒家《大学》中讲“大学之道，在明明德，在亲民，在止于至善”，实际上讲的就是修心。道家就更不用说了，讲道心、清静心。佛家讲佛性，讲明心见性。

可以说，离开心就没有人类的文化了，人类所有的文化都是“心”的文化。

粉丝：我们为什么讲空，为什么讲心要空呢？

古柏：因为心的本质是空的，并不是说有一个固定的善心和恶心，一个愚昧的心或者善良的心。心是空的，像虚空，可以让所有的日月星辰都飘在虚空中。佛教说人的心深广像大海，你看人间笑到最后功成名就的人，他的心量一定深广如大海。

人要有善心。儒释道都讲善心，冰清玉洁，守心如城。

所有的文化是不是都围绕着一个“心”呢？因此，我给你题字叫“心好福来”，心为法王。

再给你讲更深一点。心就像一台发电机，线圈两头是正负极，中间是空的。心虽然是空的，但是它有一种能量叫“电磁感应”。当你是善心、空心的时候，一切的道德、学问、权力、金钱都会归你所有，这就是心的吸引力法则。

我们修心非常重要。如果你修心不成功，用心计弄来的权力，靠投机得来的金钱，最终都会失去。所以只有你的心像虚空、像大海充满善心的时候，你才能够享用这些东西。

粉丝：人的一生都想修福，“福来”您再多讲讲吧。

古柏：福字左边是“礻”字边，不是“衤”字边，就是说作为人你要祭祀你的祖宗，这是人的传承，包括家教和文脉。

福字右边上面有一横，那就是天。下面有一个“口”，是一个人。再下面又有一个“田”，代表田地，代表财产。所以说，一个家庭表面上看是人在活动，实际上不能离开天，不能离开地，不能离开父母，也就是不能离开“天地君亲师”。你只有把这些关系都处理好了，各在其位，才叫享福。

现在给大家纠正一个错误。你不要认为你身居高位就是享福，后面可能有祸，高处不胜寒。但是现在的人是“高处不胜寒，偏向高处去”“明知山有虎，偏向虎山行”。享福的后面往往藏着祸，古人认为福和祸是手心手背，福祸相依的。

怎么样福寿绵长？这个需要功夫，需要境界。年轻人要想修福，要注意这两点。

第一，一定要勤奋地学习、工作，不能坐吃山空，不能等着天上掉馅饼。否则，你陷入困境，谁都帮不了你。

第二，一定要通过不断的努力，完善自己的家庭结构。有父母，有妻儿，有工作，有学习，有收获。只有多维架构，你活着才会很幸福。如果没有多维架构，认为我有钱就幸福，那么就错了！

我们说五福临门，“福禄寿喜财”。多一物为一物所累，少一物为一物所困。

“心好福来”这四个字真好，体现了优秀传统文化的深刻含义。

不忘初心

“不忘初心，方得始终”，是什么意思呢？

“一即一切，一切即一”，“理无碍，事无碍，理事无碍，事事无碍”。初发心是需要护念的。

不忘初心，方得始终。初心易得，始终难守。

不忘初心，方得始终。若忘初心，幻湮迷灭。

不忘初心，方得始终。不拒本心，是谓自在。

唐代澄观国师注解说：“初心为始，正觉为终。”

如果你做学问，是为了自己名利双收，还是为了追求真理，用你的成果让大众来分享？如果你是一名学生，在学校里顶着那么大的压力学习，你是为了自己功成名就，还是为了这个民族、这个国家？这一切的一切无不与我们的起心动念密切相关。

既然最初的发心都这么好，为什么我们往往做事情会半途而废呢？我们为什么会忘失初心呢？

第一，在学习、工作和修行当中，一旦有了困难，看不到结果，我们就会放弃；第二，一旦有了一点成就，我们就会骄傲自满；第三，一旦有了一点成果，我们就会贪图享受。如此等等都反映了我们内心的软弱、自私、贪婪，乃至被欲望勾引等。

总而言之，我们都是凡人，正因为这样，对众生来说，初心是一种光明，是一种境界，是一种前途，是一种格局。既然有这样多的心理疾病，我们就会经常犯有始无终的错误、半途而废的错误、虎头蛇尾的错误。

无独有偶，孟子在《离娄章句下》中说“大人者，不失其赤子之心者也”。赤子之心就是率真的道心，无我无畏无私的心，也就是君子之心、大丈夫之心。《道德经》中也说“含德之厚，比于赤子”。

圣人所见略同，“不忘初心，方得始终”。只有这样，我们内心才会怀抱着希望的种子，在生命的道路上上下求索。

世界如海

“世界海”：宇宙时空，各种世界，也就是我们常说的星球，如海一样无量无边。如果对天文学感兴趣的人看到哈勃望远镜或者卫星拍下来的图片，能看到宇宙中有各种各样的星球。

“世界海有种种的差别形象，所谓或圆，或方，或非圆方”，很难用语言表达。无量差别，“或如水漩形”，像漩涡一样；“或如山焰形”，烧起来像山一样；“或如树形”，看上去像火树银花，非常灿烂；“或如华形”，像庙里的莲花一样，一层层环绕开放，真的让人大开眼界，美不胜收。“如是等，有世界海微尘数”，说不能尽，不可以算计，这就是“世界海”。

当我们意识到我们的地球在宇宙中的位置，以及我们人在地球上所在的位置，我们每一个人在茫茫人海当中的位置之后，我们的虚荣心、自尊心，我们的抑郁、焦虑，或者是我们为取得一点点的成绩而沾沾自喜统统都会烟消云散。

我们不过如此，我们就是如此。《三体》中刘慈欣说：“我们都是阴沟里的虫子，但总还是得有人仰望星空。”

在经中描写完世界千差万别的形状之后，便回到了我们生命生存的当下。

如果你觉得这样讲很抽象，你就到没有活水的放生池边上去看一看，里面经常漂着很多死鱼，不是鱼想死，而是因为水池被污染了。

目前地球上环境被污染了，一切都在悄然发生。不是自然污染了自然，是人类的贪欲和没有节制的行为造成的，而人们身在其中而不自知。

当然我们看到了问题，并不需要那么悲观。如果每个人从自我做起，当下对自己的思想和行为有所节制。爱护自己，爱护他人，爱护社会，爱护自然环境，乃至于爱护外太空，这些无量的刹海就可以变得清净，就算不会净若琉璃，海晏河清，但至少不会因为人的因素导致它极速地恶化和坏灭。

金 刚

粉丝：请问“金刚”有什么特殊的含义吗？

古柏：首先你要记住，“金刚”是一个比喻。因为在我们人类的物质元素中，钻石是世界上最坚硬的天然物质，因此2500年前佛就用金刚来做比喻。钻石是由碳元素组成，蕴藏于地壳深处，经历亿万年，在高温高压下结晶，纯化而成，它的摩斯硬度10。

那它比喻什么呢？

第一，比喻我们投生为人，烦恼的根就像金刚一样坚固。

第二，比喻我们的佛性，佛性的光明、锋利、坚硬如金刚。

2500年前的古印度，大致上分为“东西南北中”五印，当时有非常多的大大小小的国家存在。就像我国的春秋战国时期，诸侯国之间互相吞并。

舍卫城中有一个国王叫长寿王，国家虽小但人民安乐，物资富足。波罗奈国有王名梵摩达，他以自己强大的军队吞并了这个小国，并杀掉了长寿王与他的妻子，导致他们的儿子长生无家可归，流落在街头。

由于出身于豪门，长生的天资非常聪明，七岁在街头流浪的时候偶遇到一名琴师，自此他便给琴师端茶、倒水、洗脚。

之后，琴师就把他毕生的技艺教给了长生。

长生很快掌握了弹琴的技巧，弹出的音乐也是美妙绝伦。于是，梵摩达的大臣们以及宫女都非常喜欢听他弹琴，并和他成为朋友。之后，梵摩达也很欣赏他，看他不但勤快而且聪明，就把他领进了宫里。

到了宫里，长生洒扫庭除，管理象马车乘，并把梵摩达照顾得无微不至。于是，梵摩达就把军队以及管理仓库的工作交给了他，长生也打理得井井有条。因此，梵摩达对长生就越来越信任。

去外面郊游的时候，也让长生给他赶车，渐渐长生就成了梵摩达的近身侍卫。有一天，梵摩达累了，在马车上就枕着长生的腿睡着了。

这时候，长生想起了父母被梵摩达夺去了性命，自己也流落在街头，颠沛流离，受尽了种种苦难。他就抓着梵摩达的头发，举起了刀，准备借这个机会把梵摩达杀掉。

梵摩达从梦中惊醒，就对长生说道："我刚才做了一个噩梦，说长寿王的儿子要报仇，要杀我。"长生说："我就是，现在就想把你杀掉。"梵摩达说："我的命现在就在你手里，你自己看着办吧。"

总而言之，两个人进行了一番很长的对话。长生想起他的父亲长寿王临死时跟他说的话：

> 怨怨不休息，自古有此法。
> 无怨能胜怨，此法终不朽。

人类生活在地球上，从古至今都是这样，一报还一报，冤冤相报何时了？谁又是最后的胜利者呢？只有以无怨平息怨恨，用这个方法才能让人们获得永久的和平与安乐。

长生想起父亲留给他的遗言，于是就放下了梵摩达的头，并且表明了自己的心迹。两人共同发誓说，以后互相不再冤冤相报。

但时至今日，我们人类社会依然充满了斗争与厮杀，人们就是在这样的冤冤相报、斗争厮杀中，艰难地存活着。而我们应当舍去烦恼，用大智慧、慈悲心存活在世间，为世人做出一个优秀的榜样。

拿得起　放得下

粉丝：“看破放下”，这个是不是有些消极啊？

古柏：你要是理解对了，就是一种智慧和解脱。如果理解错了，表现在社会行为上，可能会是一种躺平和消极。怎么说呢？

第一，看破的是烦恼，烦恼是没有根的，是缘聚缘散的。

第二，放下是说不管你是学习工作还是发财当官，不要太注重成功与失败，也不要太注重别人的评价，把当下的事情做好就行了。

粉丝：这和“拿得起，放得下”，是不是一样啊？

古柏：完整的是“拿得起，放得下，收得拢，荡得开”。

“拿得起，放得下”，比如说我们要担当，不要太在乎自己的成功和失败。你有父母，有妻子儿女，就必须要担当这个社会责任。总的来说，就是不要为烦恼所包裹，不要去纠结，事来即应，事去不留。

“收得拢，荡得开”，缘聚缘散，缘聚的时候不要作缘散想，缘散的时候不要作缘聚想。实际上，这其中暗含了一种理性生活及智慧。

事实上，这四句话是一种行于中道的状态。很多世间人过着一种迷惑颠倒的生活，有老婆孩子的时候不珍惜，爹妈不在了又怀念。所以说，这句话是教给人生活的智慧，让人智慧地生活。

智 慧

学习优秀传统文化，可以由“智慧”而入道。

“智慧”两个字如果展开来讲，它的含义非常丰富。我们今天主要是结合人生修养，抓住一个重点，以让大家了解“智慧”的深刻内涵。

“智”字是由三部分构成的。上面一个“矢”代表箭，一个方框代表箭靶，下面一个“日”代表每天。像射箭一样，每天对着箭靶勤学苦练，每一次射出的箭都能够中到靶心，就叫“智”。

一个人有没有智，取决于他的人生和社会实践。获得了丰富的心理经验与社会经验的人，往往被人们称为“智者”。

再往深讲一点，“智”属于“妙观察智”。六根通利，心灵非常灵敏，对人事物的判断没有偏差，并且能够防微杜渐，善察“青萍之末”，这样的人叫“智者”。

“智”和“慧”的区别在哪里呢?

“慧”字是“手里拿着扫把，把自己的心地扫得干干净净”，让我们原有的慧性呈现出来。

由此你就会明白，“慧”和“智”，一个是“体”，一个是“用”，这就涉及中国古典哲学“体用”的关系。

莲花启示

观莲可以悟道。

莲花的花瓣，微妙香洁，层层环绕，这就是秩序与伦理。花瓣中间就是莲蓬，表示花果。同时，它又扎根在淤泥当中，这表示了入世而又出世。

“莲花”这个名字所包含的用意和秘密，我们怎么来理解呢？就要“开、示、悟、入”。意思是说众生原本都有一颗像镜子、像泉水一样的清净心，后来被污泥浊水蒙蔽了。

“开”，就是开你清净的自性之见。

“示”，把你自己本具的东西揭示给你看。

“悟”，让你开悟自心。就像一个人烦恼，别人劝是没有用的，他想开就开了，他想不开，你怎么劝也没有用。一个人的悟性也是这样。

“入”，是证入，行入。要证入行入，我们才能够得到真正的利益。

总而言之，它表达了一个意思，我们的心性本自清净、本自具足，不需要外求，只需要透过开、示、悟、入四个阶段就可以发现。

因为我们的心量和智慧不够，我们经常会比较工具，收藏工具，一个山头望着一个山头高，而忘掉了自己最终要达到的目的和状态。

最后，“万法归一，一归何处呢”？

行于中道

我为什么想起谈“行于中道”呢？因为生活中一些人动不动就辟谷、断食、绝食，甚至故意穿得破破烂烂。总之，他在折磨自己的肉体。

早在两千年前，那位追求智慧的智者，经过了六年苦行，发现自己极端的苦行，并不能够使自己觉悟。两千年后，我们为什么在这个问题上还要去交学费呢？

因此，我们需要明白，衣食住行要“行于中道”，而不能够偏颇。与我们生活相关的有一个叫“正精进”。所谓“正精进”就是“中道精进”。

在讲到这个玄奥理论的时候，泰国一个修行者叫阿姜查，他告诉我们：“就像在河里漂木头，木头不靠在左岸，也不靠在右岸，也不停在中流，最后弯弯曲曲随流而漂向了大海。”大海唯有一味，而没有杂味。因此，“行于中道”是多么的重要！

我们为什么要“行于中道”呢？

因为我们的生命是短暂的，是无常的，如果我们折磨自己的肉体，我们的心灵怎么能够安宁呢？因此有一句口诀：“修性不修命，修行第一病。”我们看到很多人，把自己的身体折磨得不成样子，实在是非常可怜的。

因此，不管是我们本人还是社会，对于“行于中道”都应该有一个正确的认识。有了正确的认识，就会有一种和谐的状态。

华枝春满

“华枝春满，天心月圆，问吾何求，廓尔忘言。”是弘一法师的遗言。

“华枝春满”这四个字，他是把自己的一生比喻成一棵长在广博的大地上的树，根深叶茂，开满了灿烂的花朵。也就是说，他对自己一生的所作所为、所教所学，心中非常满意，他不后悔自己走过的道路。

“天心月圆”，“天心”就是道心。天本来没有心，以道心为心。“月圆”就是人格的完美。他从音乐创作，到演戏剧、教学生、学习佛教戒律，他孜孜以求地探索真理，严持禁戒，得到了僧俗两众的爱戴和拥护，不可谓不是“天心月圆”。

“问吾何求？”如果问我还有什么遗言、什么遗愿，我没有了。

“廓尔忘言”，就是我已经完成了自己的使命，并且融入了法界。这也让我们想起了先儒王阳明的那句话：“此心光明，亦复何言？”

这四句遗言是他对自己一生的人生总结，也为我们后人留下了深深的怀念与思考。

烦 恼

生活中，我们常遇到不如人意的事情，有时会心烦意躁，恼意缠身。有时候心身憔悴，彻夜难眠，寝食难安。这都是“烦恼”的表现。如何化解这些烦恼呢？当我们想到“烦恼即菩提”的名言，似乎烦恼会顿然消失。“烦恼”为什么是“菩提”呢？首先，“菩提”就是觉悟。

原本我们都有一颗清净、光明的心，在生命的流转中，染上了种种的习气与恶业，因此“烦恼”就有了两种来源。一种是在世事流转中带来的，就是我们常说的“俱生烦恼”；还有一种情况是外在的欲求得不到满足，受环境的影响给我们带来的“遍计烦恼”。

不管是哪一种，从根本上来说，烦恼无根，我心清净，我心光明。“烦恼和菩提”都是性空的，是事物的一体两面。

在发了心的觉者们来看，无处不是菩提；在芸芸众生的眼中来看，无处不是烦恼。如果你有大智慧心，处处都是菩提；如果你用心中的尺子去量山川草木、人我世界，则处处都是烦恼。

神秀的禅诗

身是菩提树，心如明镜台。
时时勤拂拭，莫使惹尘埃。

在神秀大师这首诗里，他把我们的身体比喻成菩提树，因为智者就是在菩提树下成道的。因此，菩提树就成了佛教的一个象征和代表。

这首诗的起句是“身是菩提树，心如明镜台”，人的心本来是看不见、摸不着的，他在这里把我们的心性比喻成梳妆打扮的梳妆台。

“时时勤拂拭，莫使惹尘埃”，要很勤快地经常地把镜面的灰尘擦掉，不要让它沾上灰尘。在这里他把我们的“心”这个主体和“灰尘”的客观存在做了分别，并告诉修行人，你每天要像擦梳妆台那样，把那个镜子擦得干干净净。

这首诗写得好，很符合现实人生的一种修行。我们经常是衣服脏了要洗，心脏了当然也要洗心。洗心无非就是两种：一种是深深地忏悔，“忏其前愆，悔其后过”，对自己做错的事情要忏悔；另一种是保持心的清净，保持自己的清净心。

惠能的禅诗

惠能大师写了一首诗，得到“五祖”的印可，因此接了禅宗的衣钵。

菩提本无树，明镜亦非台。
本来无一物，何处惹尘埃。

要了解这首诗，首先要了解神秀大师的诗。如果没有神秀大师的诗，惠能大师的这首诗就没有了出处。

神秀大师说“身是菩提树”，惠能偏偏要说“菩提本无树”。菩提树喻作身体，这个比喻是非常蹩脚的，说明你心中还存在一个念想。

神秀大师说“心如明镜台”，惠能偏偏说“明镜亦非台”，那就是说“内观其心无心”。如果你执着于你自己的意识，执着于自己内心还有一个东西的话，说明你还没有彻悟。

神秀大师说“时时勤拂拭，莫使惹尘埃”，惠能偏偏要说“本来无一物，何处惹尘埃”。其实，“本来无一物，何处惹尘埃”就点题了。

惠能的见地相比神秀就棋高一着。因此，他就接了衣钵，成为“六祖”。

迷悟之间

生命在迷悟之间。

六祖惠能大师在曹溪接引徒众的时候，有一日，从北方来了一位禅者法达，见了六祖惠能之后，磕头是磕了，但头没有点地。

惠能大师就问他:“你修什么法门呢？”

法达说：“我已经读了三千部《法华》。”

六祖惠能随机口占一首：“汝今名法达，勤诵未休歇。空诵但循声，明心号菩萨。”

因此，修行修心，迷与悟，就在一念之间。如果我们不能够歇下狂心，纵然读了三千部《法华》，我们也没有归心，也没有归位，也不能够明了心之本体。

俗语法源

粉丝：之前我去过陕西省博物馆，那里有一面墙，墙上面都是从佛教经典流传出的词汇，如“觉悟”等，请您简单地解释一下。

古柏：首先，一位高僧在主持中国佛教文化研究所的时候，组织了一批人马，成立了一个班子，编了一本书，名字叫《俗语佛源》。你问的问题，全部在这本书里。

其次，这涉及思想与文化的交流。

儒家、道家思想是本土文化。佛教最初属于印度文化，东汉永平七年（64）传入中国。印度文化有一个特点，对人的心灵、对人的精神世界特别关注，因此大量的关于人的精神世界和心灵表达的词汇便随着经书传入中国，比如说“觉悟”“心灵”“正见”“正知”“正命”等。这些词汇都在表达人的心地。要把人的心地表达清楚，就必须要用这些词汇。没有这些词汇，人的精神世界是没有办法表达完整的。

最后，佛教特别强调智慧。很多佛教经典在翻译的过程中，举全国之力，一个译经场都有几百学者。在翻译过程中，梵语、汉语并用，为了把意思表达清楚，要不断地创造新的词汇。

正因为这样，佛教文化极大地丰富了中国的优秀传统文化。

金狮子比喻

在唐代，为了让武则天容易接受佛学思想，法藏法师想了一个办法，找了一个道具——大殿前面的一对金狮子。他就指着金狮子说："金是体，金狮子是相，体相一如。"没有体就没有相，而相的存在正好反映了本体。

有了"体相"，我们谈万事万物都可以用"体、相、用"贯穿起来，对本质世界、现象世界和作用的世界都可以进行解释。

他又打比方说："把金狮子再熔化掉做成很多个小狮子，这些小狮子是不是都由金狮子变化来的呢？"也就是说，这个琳琅满目的世界无论多么复杂，都是"体相"的妙用。他把这一层关系也讲得非常清楚了。

紧接着，他就联系我们生命的本身，说："你看人可以六根互用。人的六根互用就相当于金狮子的眼中有金狮子，金狮子的耳中也有金狮子，哪怕金狮子的一个毛孔中也有金狮子。"

武则天一下子就明白了，获得了真理的快乐，获得了无上的法乐。

"一即一切，一切即一"，一滴水可以看见大海，一粒沙子可以看到沙漠，从一个人的身上可以看到他的过去，也可以展望他的未来。

没有彼此

粉丝：我们怎么理解传统文化中讲的“此岸”“彼岸”呢？

古柏：传统文化中对“此岸”“彼岸”的理解，其实是很重要的，如果你把这个问题想通了，可能对于你认识的圆满很有帮助。

第一，你要知道一切语言和文字，都是人们达到某种境界的一个桥梁。

第二，经典中虽然讲“此岸”“彼岸”，我直接告诉你，实际上没有“此岸和彼岸”。“此岸和彼岸”只是一个说法，一个分解动作。当你染污的时候就在此岸，当你清净的时候就在彼岸；当你迷的时候就在此岸，当你悟的时候就在彼岸。以此类推，可以说很多东西。

总而言之，“此岸和彼岸”是一种说法。一个真正悟了道的人，他不会愿东愿西，没有“此岸和彼岸”。

白居易之问

鸟窠禅师云游到杭州，住在秦望山一棵摩天松的松树顶上，故名“鸟窠禅师”。

白居易对佛教文化非常感兴趣，便跑去向鸟窠禅师请教佛法。他来到松树底下，合掌恭敬仰望松树，问鸟窠禅师：“什么是佛法？”

鸟窠禅师说：“诸恶莫作，众善奉行。”

白居易听后大失所望，说：“这个连三岁的小孩都知道。”

鸟窠禅师说：“三岁的小孩说得，八十岁的老人却做不得。”

白居易回到衙门以后，他不死心，又来到松树下面，问鸟窠禅师：“除这些以外还有别的吗？”

鸟窠禅师就从自己的袈裟上拔了一根毛，用嘴一吹，说：“你会吗？”

白居易百思不得其解,但是他总觉得这句话后面意味深长。

一屁打过江

苏东坡一生信道修道，有一天，灵感来了，写下一首诗："稽首天中天，毫光照大千。八风吹不动，端坐紫金莲。"

写完这首诗后，他非常自得。于是，叫他的书童连夜把这首诗送给了江对岸的当时住在镇江金山寺的禅师。禅师看到这首诗以后，用朱砂笔在诗的后面批了两个字："放屁！"

因为禅师和苏东坡是相好，是心灵的知音，所以禅师才敢这样直来直去地和他开这样的玩笑。这个玩笑后面隐藏着什么样的深意呢？

书童拿着禅师的批注，交给苏东坡。苏东坡看后，大怒，心想："我写了这么好的禅诗，你竟然说我放屁！"

天麻麻亮，苏东坡就乘着船到江心岛找禅师辩论。禅师笑着说："改成'八风吹不动，一屁打过江'就对了。"

"稽首天中天"，意思是说他在那儿拜智者，就觉得自己放光了，觉得自己"毫光照大千"。"八风吹不动"，所谓"八风"就是八种境界——称、讥、苦、乐、利、衰、毁、誉，他不会被八风吹动。"端坐紫金莲"，自己犹如端然坐在紫金色的莲花上，那么地安闲自在。

但是禅师说他放屁，他立马就赶过江来，那不就是"一屁打过江”吗？由此来看，他并没有得道，也没有悟道。

因此，“说到”和“做到”，在某种情况下确实是两码事。苏东坡确实是说到了，但是他并没有做到。

见物即见心

禅师住在云居山的时候，经常在溪水边上鼻涕桥边打坐。他穿着百衲衣，盘腿一坐的时候，形象就似一坨牛粪。

苏东坡见到禅师，问道："在你眼里我是什么？"

禅师说："在我眼里，你是佛。"并反问他说，"在你眼里，我是什么呢？"

苏东坡说："你在我眼里就像一坨牛粪。"

禅师沉默不语，继续打坐。

苏东坡回去后，把经过高高兴兴地告诉了苏小妹。苏小妹是一个才女，也喜欢参禅悟道，文学修养、艺术修养也很了不起。苏小妹听了哈哈大笑，她说："你又输了。在佛眼里，一切众生皆是佛。在狗眼里或者是在牛眼里，到处才是粪。你又落败了，还自以为是。"

这个故事给我们的启发是：人是万物的尺度，见物即见心，你怎么看待别人，恰恰反映了你的尺度和你的心境。因此，当你在说是非的时候，当你在评价别人的时候，当你在看待社会的时候，从社会的这一面镜子里，你更应该看到你自己的心。

不思善　不思恶

惠能大师得了衣钵之后，连夜过了九江，然后到了大庾岭。后面有几百人在追他，想要夺取他的衣钵。其中有一个叫惠明的和尚，将军出身，身强力壮，他跑得最快。快追上的时候，惠能就藏了起来。于是，惠明就站在路边喊："惠能，惠能，你出来，我为法来，不为衣而来，我不会伤害你，你出来吧！"

惠能走出了草莽，来到惠明的面前。惠明给他作了揖，请惠能给他说法。于是，惠能讲了一句话，成为禅宗公案的千古奇谈，在禅堂里几乎都会讲这个故事，它背后所隐藏的思想和哲学意义，我们很难打破意识的窠臼，把它讲明白。

惠能对惠明说："好，你先静下心来。"

过了很久，惠能接着说："不思善，不思恶，正恁么时，哪个是明上座本来面目？"

惠能的意思是说，当你不思善，不思恶，放下二元对立，放下一切概念，不在一切概念当中时，当下的心就是灵灵明明的觉知之心，就是明心见性的心。

我们很难歇下狂心。狂心不歇，难证菩提。因此，惠能告诉惠明说："不思善，不思恶，这个时候，哪个是明上座的本来面目？"言外之意，当你不说是非、不思善恶的时候，当下的心体明明净净，那就是你的本心。

看来开悟与明心见性，乃至参禅悟道，并不在身外而在心内。可是要让我们的心不在一切概念当中，超出二元对立，那是多么的难啊！

一念三千

有一个将军在上战场之前，到一个茅庵去请教老和尚一些问题，老和尚给他做了一番开导。于是，他奔赴前线去打仗。因为战场上是十分惨烈的，刀光剑影，性命在片刻之间。他打了胜仗，凯旋而归。在这个过程中，他就形成了对事物的一种认识，也就是说，他在战场上没有看到天堂，也没有看到地狱，只看到了惨烈的厮杀。

这次他又来到茅庵，问老和尚说："我在战场上作战，没有看到天堂，也没有看到地狱，这如何解释呢？如果你说得出来，就放你一条生路；如果说不出来，就让你人头落地。"

老和尚依旧在那里打坐，没有睁眼睛。但是，当他听到拔剑出鞘的声音后，平静地说："地狱之门已经向你敞开。"

将军听了，觉得蛮有道理，于是把剑"咔嚓"一声插入剑鞘。禅师听到以后，说："天堂之路向你铺就。"

"一念三千"的实质是什么呢？是让我们透过一切的形式、透过一切事物的假象，安顿好这颗心猿意马的心。

一丝不挂

雪峰义存住在雪峰山，禅境很高，因此，十里八方、各大名山都知道了他的名声。

有一位叫玄机的比丘尼住在大日山，她就要来会一会雪峰义存。于是，她就从大日山来到了雪峰山，见到义存以后，不问讯，也不作礼。

雪峰义存就问她："你从哪里来？"

她说："我从大日山来。"

雪峰义存就顺着她的话说："日出没有呀（你开悟没有啊）？"

玄机比丘尼就说："出则融化雪峰。"大日山有太阳，出来就把雪峰融化了。

雪峰义存一听，这个玄机比丘尼根机大利，口齿伶俐，悟性很高，就不再顺着这个思路往下说了，又问她："你出家前在家干什么？"

她说："我是一个织布女。"

雪峰就问她："你一天能织多少布？"（就是看你是不是能手，出世法你很精通，我看你世间法行不行）

玄机比丘尼说："我一丝都不挂。"这又在斗机锋。"一丝不挂"表示我悟性很高了，内心没有任何牵挂。

于是，雪峰沉默不语。

玄机比丘尼作了三个礼，然后很自豪地往外走。她刚走到门口，雪峰大喝一声："你的袈裟拖地了。"

玄机比丘尼回头急忙撩起了袈裟。只听雪峰哈哈大笑："好一个一丝都不挂啊！"

在这个故事中，既有悟性的比较，也有禅机的较量，更有境界的落实。玄机比丘尼说她"一丝不挂"，但是当雪峰大喊一声"你的袈裟拖地了"，她立马撩起袈裟，这证明见道、悟道、知道和行道之间还有好长的距离，需要我们去落实。

吾心即世界

有一次举行大法会后，智者带领许多弟子接受波斯匿王的供养，只有阿难因为先接受别人的邀请而没有参加宴会。

阿难在路上碰到一个妖女摩登伽。摩登伽用幻术把阿难摄入淫席，抚摸他的全身，将要毁掉他的戒体。就在这个时候，智者用天眼看到了这一幕，斋后马上回到祇洹精舍，派文殊菩萨用“楞严咒”去解救阿难，破除恶咒，提将阿难及摩登伽女来到祇陀园。

阿难见智者后万般羞愧。智者就问他说：“阿难，你当初为什么发心要跟着我来学道呢？”

阿难说：“我见如来妙相庄严，音容相貌世间稀有，因此我生起了爱念之心，就想出家跟您学道。”

这段话暗含着阿难是一个没有证道的凡夫，被人间的五欲缠绕，同时又揭露出一个秘密，他出家不是发起无上的道心去修行，而是以攀缘心爱念智者的庄严妙体，这就流露出他的心机。

于是，智者就和阿难进行了一次关于人生和心灵的对话。

首先，经过智者的指引，阿难明白了这个心不在内，不在外，也不在中间。总而言之，阿难说的那个心都是一种攀缘心，都不是我们的本心，也不是我们的真心。于是，智者就明确地告诉阿难说：“你和我及一切众生，都有一个如来藏性，明妙湛寂。”所有的山川草木、花鸟虫鱼、人物形象，都是大海泛起的浪花。当你明白这一点的时候，一切秘密都被破解了，犹如醍醐灌顶。

因此，在文本中明确地说“宁有方所”，哪里有一个具体的物象和方位场所呢？

“随众生心”，随你的心所现。你的心是清净的，它的心就是清净的；你的心是光明的，它的心就是光明的；你的心是烦恼的，它的心就是烦恼的；你的心是污浊的，它的心就是污浊的。

“应所知量”，一只小鸟它看到的就是它的世界，一个凡夫他看到的就是他的世界，一个觉者他看到的也就是他的世界。

“循业发现”，讲得非常透彻，非第一因，亦非因缘。我们在探讨世界的时候，总是想去寻找世界的第一因。

平常心是道

赵州从谂禅师很小就出家了，还没受戒就到安徽池阳去参访南泉禅师。他见到南泉禅师以后，南泉禅师正躺在卧榻上休息。

南泉问："你从哪里来？"他回答："我从瑞相苑里来。"

南泉问："你看到瑞相了没有？"他回答："我看到了一圣人。"

南泉禅师便坐起来，接着问："你是有主沙弥，还是无主沙弥？"他回答："有主沙弥。"

南泉问："哪个是你主人？"从谂就跑到南泉身边说："天气乍暖还寒，师父要多多保重。"

南泉禅师对从谂的作为非常满意，因为他不说而去做了。言外之意就是"从今往后你就是我的法师父"。当然，南泉也引从谂为入室弟子。

又有一天，赵州从谂问南泉禅师："什么是道？"南泉说："平常心是道。"心中无滋，没有方所，去来自由。

赵州从谂问："没有去向，那怎么能够知道是道呢？"南泉说："知是心中有所滋爱，有所造作。而道是流通的，四通八达的。所以说，知一定不是道。道在平常日用中，没有任何造作，自自然然，那才是道。"

于是，赵州从谂心中已经有所领悟。在师徒的答辩之间，充满着机锋，又充满着境界。我们今天的人稍微留心一下，从中也能够领悟到道的味道。

下面着重说一下为什么“平常心是道”？

首先要明白，“平常心”是祖师语，是过来人的话。也就是说，他们用自己的情感和生命体证到了道，待人接物用一颗平常心，因此他说“平常心是道”。

当我们后来人把这句话挂在口头的时候，就有了几分油滑，要格外小心。因为我们没有获得平常心，我们的心每一天都在纠结、焦虑、善恶、是非的二元对立中，我们功夫不到，境界也不到，因此当我们讲“平常心是道”的时候要格外小心。这种格外小心是对修道人的敬重，是对自己生命的一种殷重之心。

“平常心是道”，我们真的有平常心吗？

直指

“不立文字，教外别传，直指人心，见性成佛。”你可能听到过，但未必能够全面理解。

“不立文字”，就是说真正的悟道修行，不要在文字上下过多的功夫，必须心中要了了。不管是看来的、听来的，必须在心中起到化性的作用。

什么叫“教外别传”？就佛学来说，“在心为宗，出口为教”，这是宗教最狭义的解释。“教外别传”，“别传”什么呢？别传心法，心心相印，典型的顿悟的风格。

后两句就来得更加的精准，更加的直接。“直指人心，见性成佛”，不离人生，不离当下，不离你此时此刻的心，明心见性就是成佛。

什么是性呢？“心为城，性为王，城在王在，王去城空”，把人的身和心比喻成城和王的关系。一方面告诉我们，城和王是相依的；另一方面告诉我们，心的后面隐藏着一个性。这个性“本自清净，本自光明，本自具足”，本来没有污染。

六祖在曹溪讲学的时候，就有一个非常好的故事。无尽藏比丘尼是曹操的后代，崇信佛法，叫六祖惠能给她讲法。六祖惠能说：“我不认识字。”无尽藏比丘尼说：“你连字都不认识，你怎么讲经呢？”六祖惠能脱口而出：“诸法妙理，非关文字。”

所以，如果你修行、学习，可不要钻进故纸堆中，可不要执着在文字名相上，一定要开发自性，见性成就。纵然能够学习千经万论，也要回归到自性，要达到化性的目的，并且不要离开人生，还要活泼泼的，自由自在的，天然坦诚地去学习、实践。

顿悟法，与我们今天的人生和当今的社会丝丝入扣，就看你学懂没有，会不会用。如果学懂了、学会了，它就是社会学，它就是心理学，而且是幸福心理学。

姓有姓，无常性

五祖弘忍前世是栽松道人，活到90 多岁。他听说四祖道信在黄梅双峰山演扬妙法，便前去闻法。听完以后，他说："你讲得真好，能不能传法给我？"

四祖道信说："你已经老了，即使得法，以后也没有时间去帮助更多人了，除非你再来。"

于是，栽松老人来到一个小河边，看到一个少女正在洗衣服，他就跟这个少女说："我能不能在你们家寄宿一晚上？"

女孩说："我家里有父亲有兄弟，你要问他们，我不能够做主。"

栽松老人说："只有你同意了，我才敢前往。"

于是，这个女孩答应了一声，栽松老人就策杖离去。

不久，这个姑娘就怀孕了，家里的父亲兄弟对这种事情引以为耻，把她赶出了家门。于是，她就住在破庙里，生下了孩子，以乞讨为生。

一天又一天，孩子长到了七岁。有一天在路上遇到一个出家人，这个出家人就是道信禅师。

道信禅师一看这个小孩儿长得相貌奇特，于是就好奇地上前问："叫你这个孩子出家行不行？"

乞婆说：“那我不能做主，你要问他。”

小孩说：“性空，故无。”

道信一看，心中大为欢喜，这个小孩可了不得，长大了一定是法门龙象。于是就把他带到了庙里。

到了庙里以后，他白天和其他人一样，干一些杂务，晚上就自己参禅打坐，用功办道，而且生性憨厚，语言很少。时间长了以后，十里八乡的信众对他生起了信心，都到破头山来向他请教。

终于有一天，四祖把他的衣钵传给了弘忍禅师，弘忍禅师也就成了东土禅宗的五祖。付法的时候，四祖说了一首诗：

> 华种有生性，因地华生生。
>
> 大缘与性合，当生生不生。

诗里禅机

一个叫卧轮的禅师写了一首诗：

卧轮有伎俩，能断百思想。
对境心不起，菩提日日长。

大概的意思是卧轮我修行能入定，在红尘中心都不起分别，不为外境所困扰，表示自己功夫很深。

六祖惠能大师是怎么说的呢？

惠能没伎俩，不断百思想。
对境心数起，菩提作么长。

惠能说我没什么伎俩，运水担柴，穿衣吃饭，我不断百思想。面对山川草木人事，我会起心动念。

为什么说“菩提作么长”？这个话里含义真的是很深。原来，大道无象，大道无形，大道无言。按照祖师禅的学修方法，举手投足，扬眉瞬目，运水担柴，处处皆是妙道，无处不是道。包括我们的眼耳鼻舌身意，六根门头，头头是道。哪里不是道呢？眼睛能看东西不是道吗？耳朵能听东西不是道吗？嘴里能够说话不是道吗？

因此告诉我们，在手劳作，在脚运奔，在心思量，这都是道。

但是你说卧轮说的有没有道理？卧轮说的是要讲修心，要远离，要修定，当然会有这样一个过程，但是没有透过去，没有圆融。这就好像一个人在山里，心里很清净，但是到了十字街头，心乱如麻，那说明功夫还不熟，修养还不到家。

而惠能大师“体用一如”，功夫已经打成一片，圆融无碍。

悟不自生，必借信渐

“悟不自生，必借信渐。”这句话很少引起人们的注意。我问过学习国学的人，他们大多解释不了这句话。

“悟不自生，必借信渐”，我们常常听人说要解悟、要开悟、要证悟，其实悟不会凭空而生的，必须由信而入。信得真、信得深、信得时间长，慢慢地就有所领悟了。

因此，有的人在渐悟和顿悟的概念中绕来绕去，甚至有的人不学习经典，自己在那里苦思冥想，终不能够获得成功。

不失本心，学法无益

这块碑刻上写着“不失本心，学法无益”。这个“学”字就很有讲究，本义是用两个手抓着卦爻在摇，问天、问地、问人生。因此，学明白以后就可以“学而优则仕”。

我们为什么不识本心呢？原因是我们的心不清净，有生以来蒙尘太厚，就是走上了学习的道路，急急忙忙，心水不能够沉静，不能够领悟甚深的道理，因而不能够明心见性。

如果不识本心的话，学的知识再多，都是身外的功夫；懂的道理再多，都是思维层面的东西。所以说，“不识本心，学法无益”。

大疑之下，必有大悟

“大疑之下，必有大悟。”这就是禅宗说的小疑小悟，大疑大悟，不疑不悟。带着参悟的心去观察人生与社会，你的心里必然就会明朗起来。

但是有一些教派或权威，恰恰不让人起疑。不起疑，就等于没有参悟心。没有参悟心，就不能明理。

执　念

有些人对别人成见很深，或者是性格非常执拗，或者是主观意识特别强，这个在佛学中就叫“我执”。“我执”的第一个本质，就是执念很重。人的执念为什么这么重呢?

第一，与生俱来的。生而为人，他先天地就戴着一副有色眼镜看别人，看这个世界，这在西方哲学中也有论述。

第二，后天习得的。学了某种文化，接受了某种教育，信仰了某种宗教，形成了一个固有的思维范式。在与别人相处的时候，他用自己固定的思维方式去看人看事，在别人看来这就是一种执念。

第三，恐惧生死。这在心理学上有重要的参考意义。

活着——我的生命、我的房子、我的孩子、我的老婆——我们通常把这个概括为求生欲。

求生欲的本质是什么呢?

医学说我们的身体70%—80%都是植物神经。简单地说，就是你的呼吸，你的心跳，你的胃的消化，都不是你的意志所能控制的。

再从西方科学的角度来解释。有一本叫《自私的基因》的书，说人由很多的基因组成，这些基因把人当成它生存的大地，当作一个傀儡，是它要睡觉，它要吃饭，它怕冷，它怕死，等等。也就是说，我们生命的本质看起来是一个有头有手有足、活泼泼的人，实际上是受基因控制的。为了繁殖，为了克隆，为了增殖，它天然就是这样的。

我们再来谈怕死。其实我们每天的劳作后面都隐藏着这样的生命的本质：第一贪生怕死，第二离苦得乐，第三避祸向福。一般人都是这样的。

破除执念是非常高的一个道德标准，是一种非常极端状态。我们一般的人在生活中，只要执念不要过于强烈，通过修养，让执念有所消解就可以了。要完全破除执念，这个标准实在是太高了。

破除执念以后，会有什么好处呢？我们的生命就会是一种通透的状态，是一种圆润的状态，是与万物相融合的状态。

心明眼亮并不难

“他非我不非，我非自有过。”从修养上来说，我们在为人处世的时候，身不要妄作，口不要妄言，心不要妄动。在身口意中，起心动念是修养的关键。比如说有些人恨意心很大，有些人疑心很重，有些人心很歹毒等，这都是我们的心念不柔软、不慈悲、不清净的原因，它就会表现在我们语言上，表现在我们行为上。因此，“他非我不非，我非自有过”。

与人相处的时候，我们既不要让别人烦恼，又不要让别人的烦恼影响我们。我常说：“你与人相处，要有免疫力。”就像一个医生与病人相处时，你必须戴口罩、戴手套，要有隔离病毒的方法。

如果你要想要过清净自在的生活，你要把自己的心打扫得干干净净，让烦恼苍蝇蚊子没有立足之地，这就很好了。

“憎爱不关心，长伸两脚卧。”这句话如果我不讲，你可能会误解，会觉得莫名其妙。这里说“憎和爱”都是一种情绪，“憎和爱”与你的心都不要挂钩。“长伸两脚卧”，这是用一个具体的形状告诉你如何叫自在。

“欲拟化他人，自须有方便。”如果想给别人讲思想、讲文化、讲信仰，你一定要对症下药，不要病急乱投医。

“邪正悉打却，菩提性宛然。”这一句就更深了。邪和正，是和非，黑和白，阴和阳，男和女，长和短，都是二元对立的。表面上是概念的对立，其深层次是观念的对立。

你想一想，一个明心见性的人，怎么会停留在概念中呢？怎么会停留在二元对立中呢？

如果你不停留在概念中，不停留在二元对立中，心里头亮堂堂的，没有矛盾，没有疑惑，当然就“菩提性宛然”了。

中道

阿姜查生活在泰国的森林中。他很会讲故事，或者是他修行的方法很特殊，他总是用树木、森林、山水、花草，把一个深奥的道理给大家讲清楚，因此很受欢迎。

有人问他：“那你是罗汉了吧？”他说：“一棵树长在森林中，它绝不会说自己是树。”这引起了大家极其浓厚的兴趣。

有人问他：“什么是中道哲学？”他说：“中道其实并不难，被你们搞得很复杂。中道就是在河里漂木头，不靠左岸，不靠右岸，弯弯曲曲，顺着河流漂向大海，那就是中道了。”

什么是“中道”？就是“不一不异，不生不灭，不来不出，不断不常”。

我们先说“不一不异”。就像一棵树长在森林中，一棵树和森林的关系是不一不异。从哲学上来说，就是整体和个别。个别是整体的一部分，整体也是由个别组成的。因此，这种哲学真的让人脑洞大开。

什么叫“不断不常”呢？从时间上来讲，有些东西是常的，有些东西是断的，常和断也是局部和整体的关系。如果你认为事情有常有断，这种认识层次就比较低了，因为常和断都是相对而言的。有的人说这个世界是常，有的人说这个世界是断，有的说人生是常，有的说人生是断，这种认识都是有局限性的。你就会避免一个问题，不说这个世界是有因无因，不说这个世界是常是断，让生命与生活，当下坦然、释然、自在。

恒河的比喻

智者在说法的时候，经常用恒河来比喻，那是有原因的。

第一，因为恒河是他游行说法的时候常常见到的事物，也是印度人非常熟悉的，因此他说法的时候经常用恒河来比喻。

第二，我们的人生有八万四千烦恼，烦恼的念头多得就像恒河沙那么多。恒河里的沙特别地细腻，因此用恒河来比喻是最司空见惯的，也是最亲切的。

我们人生为什么会有烦恼呢？因为我们心里不虚空、不光明、不清净，所以烦恼多得像恒河沙一样。

我们劝人修身养性，这样一来，旧愁未去，又添新愁。

因此，智者又开始来比喻了。他说："你用装满恒河的金银珠宝，用来布施世间的人，你说功德大不大？"

并且他说一粒沙就是一条恒河，用金银珠宝装满有恒河沙那么多的恒河来布施，你说功德大不大？功德当然大了。

他又告诉你："这还不如明心见性，追求真理。"

"明心见性，追求真理"，为什么这么重要呢？因为它可以钩沉出我们久远的生命，让我们当下可以自在。

恒河在经典中随处可见，它有一个文学修辞方法。第一叫来比喻，第二叫多边比喻，第三是大比喻里套着小比喻，循环往复，以表示烦恼多，功德大。

三千大千世界有多少？太抽象了，他说像恒河沙那么多；我们的念头有多少？他说像恒河沙那么多；我们的烦恼有多少？他说像恒河沙那么多。

假如老子、孔子他们生活在黄河边上，在他们的文本中自然而然也会出现对黄河的描述，并且会用黄河来比喻。

比如说我们写诗，我们会说“心潮澎湃，雪浪滚滚，涌入黄河”，如此等等。

一归何处

有一个小和尚和他师父住在茅庵里修行。

有一天，他师父下山化缘去了，这个小和尚就一个人守在茅庵中。来了几个文人学士就问他：“什么是佛法？”

小和尚就学着他师父平时给别人开导的样子，从儒家讲到道家，从道家讲到释家，从入世讲到出世，总而言之，他还是很有慧根，能说会道的。讲到最后，他为了总结自己的中心思想，摇头晃脑地说：“总而言之，言而总之，万法归一。”并伸出一个手指头。

有人把这话传到他师父耳朵里，说：“俱胝禅师，你那个小徒弟好厉害，讲法讲得很圆通。”

俱胝和尚听了以后，默默地记在心头。

有一日，又去了一些文人学士，和小和尚谈禅说妙。小和尚讲得高兴了，又举起一个手指头，说：“总而言之，言而总之，万法归一。”

刚伸出一个手指头，俱胝禅师从后面掏出戒刀，“嗖”一下把他手指头给削了，疼得他嗷嗷大叫，跑开了。这时俱胝禅师立马叫住他，问：“什么是佛法？”

小和尚习惯性地举起手，指头不见了，突然一下子回光返照，无人无我，无能无所，豁然大悟！

俱胝禅师“万法归一，一归何处”的故事就从这里来的。

听完这个故事以后，我们心里是否也会有所领悟？

云门三句

五代时期僧人云门文偃对禅宗的修行用三句话概括三个层次、三个境界。第一句：涵盖乾坤；第二句：截断众流；第三句：随波逐浪。

“涵盖乾坤”，是说见到自性。自性在物质世界，即我们说的客观世界，就叫法性。在有情世界，或者是人身上，就叫自性。它涵盖了整个乾坤，无处不在。

“截断众流”，是说我们的生死，我们的意识，都是一条河流，破除一切障碍，这就叫“截断众流”。

“随波逐浪”，是说修行的目的是什么，是为了利益他人。众生是有习气的，种种饮食、种种衣服、种种习惯、种种语言，就必须和他和其光、同其尘，随波逐浪，你才能够自利又利他。

“云门三句”，暂且不说我们能不能达到这个境界，如果你对它有所领会，至少你的见地和行持，会透脱得多，圆融得多。

因此，从古至今，“云门三句”被人们称道。

练就一颗金刚心

要目想心存了解金刚的比喻，首先要了解金刚。金刚就是我们常说的金刚石，“没有金刚钻，不揽瓷器活”，在钻头上面放一点点的金刚，把瓷器很快就能打一个洞。

金刚石是在地球深部高压、高温条件下形成的一种由碳元素组成的单质晶体。金刚石是无色正八面体晶体，其成分为纯碳，由碳原子以四价键链接，为已知自然存在最硬物质。由于金刚石中的C–C 键很强，所有的价电子都参与了共价键的形成，没有自由电子，所以金刚石硬度非常大，熔点是3550℃。

搞文物鉴定的人都会知道金刚石的硬度是10 摩斯硬度，像人们平时看到的玉石是7—8 摩斯硬度。

这样一来，我们了解到金刚石具有三个特征：第一个是锋利，第二个是光明，第三个是坚韧。

如果一个人的心性修炼到了锋利、光明而又坚韧，这个人做任何事情都可以做成。

这个心如果是锋利的，那就是智慧的；如果是光明的，他就是无私无我的；如果是坚韧的，就说明他的意志力是超出常人百折不挠的。所以，修好这颗心，比什么都重要。

虽然可以说我的心像莲花，但是莲花是柔软的，它不锋利，也不光明。或者说我的心像玉一样是温润的，当然很好，但是它并不锋利，也不坚韧。

禅师都是大作家

传法偈都是喜欢禅法这一支的人耳熟能详、悉心领会的。因为这些传法偈浓缩了历代祖师的核心思想和印证学人的方法，因此传法偈在修行中变得非常重要。

以达摩为例，他是印度二十八祖，中国禅宗的初祖，从他一直传到六祖惠能，他的传法偈是：

> 吾本来兹土，传法救迷情。
> 一花开五叶，结果自然成。

达摩是在南北朝刘宋年间航海来到了中国，在南京和梁武帝言语不契，一苇渡江，一路北上，在嵩山面壁九年，后来终于等到了他的法子慧可。慧可果然不负他的厚望，把这一支法传承了下去，并且予以发扬光大。

人确实是有觉悟高低的不同，迷与悟的不同。一个人如果悟道了，他生命的当下就是光明自在的。

如果一个人迷而不悟，他的心是不见光的，甚至造了很多的恶业，也就是说生命生活当下的质量不高。

正因为这样，禅宗、禅法非常受到中国人的欢迎，它也是和中国的传统文化融合得最好的。

“一花开五叶，结果自然成”，是达摩的一个预见。他预见什么呢？

从他以后，他的衣钵传了五代到了六祖惠能。六祖惠能为了避免争端，自他以后只传心，不传衣钵。因此，从达摩到六祖惠能衣钵只传了五代，这个可以看成“一花开五叶”。

因此，中国文化与禅学相互成就，禅的影响源远流长。

为什么悟得那么透？

粉丝：禅宗的六祖惠能大师，听到一句“应无所住而生其心”，就大彻大悟了。为什么他一下子就悟得那么透、那么深呢？

古柏：这要从三个方面来说。

第一，人的心性，众生染污有深有浅。从这一点讲，惠能有那样的慧根和善根。

第二，他和他的母亲相依为命，卖柴为生，苦难受尽，也就到了瓜熟蒂落的时候。

第三，北上求法，以及得了衣钵后被人追杀的过程中，他的人生经历和阅历，使得他把佛法与人生、佛法与社会完全融会贯通了。就像竹子，一节一节地把它完全打通了。

本具慧根，又受尽了磨难，六祖的语录用现在的话来说，它就是“脱口秀”。八大宗派，甚至是儒释道，都有涉及，信手拈来。一通一切通，无处不通，因此被称为南宗顿悟法门毫不奇怪。

对《坛经》研究得越深，你就越会发现《坛经》的思想博大精深，而且非常地通透。1300 多年后的今天，所谓的修行者，如果把《坛经》学懂了，他的人生一定是旷达的，不会有宗教的标签、包装，他一定会是非常通达的。

知道不容易

南岳怀让传法偈：

心地含诸种，遇泽悉皆萌。
三昧华无相，何坏复何成。

“心地含诸种”，和前面六祖讲的“心地含诸种”同出一辙，怀让禅师曾在六祖门下长期地用功办道，这反映了师徒的见地互相印证，相辅相成。“心地含诸种”是指众生皆有觉悟的可能。

“遇泽悉皆萌”，这个就更加细腻，更加精致了。六祖说是“普雨”，怀让说是“遇泽”。“泽”就是泽润，“萌”就是发芽。我们的心地如果遇到了泽润就会发芽，和种庄稼一样。

发什么芽呢？透过一缕心光，看到自己的本来面目，发起一个出离心的芽，发起一个菩提种子的芽。因为在五欲六尘中要发芽，泽润的雨露和能够生发的种子，外缘和内因缺一不可，更何况由迷而悟！这一大事因缘是很不容易的。

“何坏复何成”，世间的现象森罗万象，生生灭灭，但是觉悟的这个心，本性寂寂，犹如虚空，哪里有生有灭呢？

在这里让你能够听得真，听得清楚，我们改变一种语言模式。

觉悟就是悟道。悟道悟的是什么呢？是悟到道的本体。道的本体是无形无相，在佛没有增加，在凡夫没有减少，它是那样一种难以用语言表达的境界。

当你功夫纯熟了，境界圆满了，你自然就知道“三昧华无相，何坏复何成”这句话深刻的含义。

我们现代人能够听得懂，能够看懂故事，能够理解法本里头讲的思想内容，你知道是什么原因吗？是因为现代人很聪明，我们的知识、文化和哲学思想已经普及了，非常丰富。

但是，你要知道在1200多年前，一个住在山里的和尚，能够悟到人生和宇宙的本来面目，能够知道人生和宇宙本来是空寂的、明湛的，这是非常不容易的！因为他没有任何的参考资料，看不到任何的说明书，也没有现代的科技手段，完全是靠自己的道心在那里参悟到的，这是极其难能可贵的！

因此，当你把这些祖师还原到他所处的那个时代的时候，你就会知道，从哲学上来讲，每一个优秀的禅师都是伟大的哲学家！

和西方的哲学家不同，西方的哲学家是一群人在追求一个真理，而他是一个人独自地在那里体悟，这需要什么样的功夫！需要什么样的境界！如果不能够和天地打成一片，何以能够知道人生和宇宙的秘密？

波与浪谁分得清？

粉丝：《坛经》说“何其自性，本自清净”，但是我们一般用的都是意识心，如何找到这个意识心后面的自性呢？

古柏：“何其自性，本自清净”，这句话是直人快语，正所谓“直指人心，见性成佛”。你认定这一点以后，除此之外就没有商量了。“何其自性”讲的是隐藏在妄想心后面的真心，清净得像镜子、像泉水。

惠能大师的四句诗“菩提本无树，明镜亦非台。本来无一物，何处惹尘埃”，就是在说我们的自性。

我们的思维心主要是分别，我们的意识心就像猴子一样特别伶俐。当你的修行的功夫和境界达到一定程度的时候，浪和水就是一体了。

因此，我们的意识心，不要怕它起来，你只需要照见它，就像水泡一样，它会自生自灭的，这是一种功夫。

这个得用功，嘴说没有用。用嘴讨论来讨论去，是没有办法解决这个问题的。

话题之一

徒弟：师父，我想问一下释迦牟尼在菩提树下到底悟到了什么?

古柏：你是想要人生的答案还是哲学的答案?

徒弟：我想要他悟到的答案。

古柏：按照哲学的答案，他悟到了一切物质都在成住坏空当中，人生在生老病死当中，念头在生住异灭当中，这是从哲学的道理来讲。从他开悟的角度，他说："众生本具如来智慧德相，但因妄想执着不能证得。"就是众生皆具自性，自性本具光明，原本一尘不染。

因此，为了让众生觉悟，他才开始了49年300余会的讲经活动，说白了就是让众生发明自性，这就是他所有的教育工作。

话题之二

徒弟：师父，请问释迦牟尼当年为什么在菩提树下成佛呢？

古柏：汉传佛教的信众痴迷菩提树，实际上菩提树就是大榕树的一种，名字叫大叶榕，在古印度叫毕钵罗树，又俗称常青树、大青树。

因为树冠很大，底下很干净，可以遮风挡雨，又没有虫子，印度的修行者都擅于在大青树下打坐。智者在菩提树下大彻大悟之后，菩提树就成为佛教的表法，成为一个象征物。

六祖惠能说：“菩提本无树，明镜亦非台。本来无一物，何处惹尘埃。”如果你执着于菩提树，我告诉你坐在银杏树下一样也可以开悟。如果不开悟，你坐在菩提树下，和一头牛有什么区别？没区别。

徒弟：师父讲得好。

古柏：把你说明白了吧！

须是相逢两会家

20世纪90年代，我到泰州去出差，松林法师把我领到泰州光孝寺的藏经楼上翻阅藏经，我在里面看到一张写了诗的纸条子。看了这首诗以后，我心中欢喜万分，真是写得太妙了！后来我一查，才知道是宋代智远禅师写的一首禅诗：

从来打鼓弄琵琶，须是相逢两会家。
佩玉鸣鸾歌舞罢，门前依旧夕阳斜。

“从来打鼓弄琵琶”，是说我们看到的戏台上唱戏的场面，琴瑟和鸣，打鼓弄琵琶，配合得非常默契。

“须是相逢两会家”，两个人对法器、乐器都非常熟悉，并且能够配合得非常默契，所以说“须是两会家”。

我们讲学、传法是不是要遇到合适的对象，而且心灵相默契，才能够论道呢？显然是这样的。就像一个医生不能乱开药，对不同的病人一定要开合适的药方。后面所隐藏的义理是药到病除，不可执药成病。

“佩玉鸣鸾歌舞罢”，菩提和涅槃在我们来看，已经是难以达到的境界，非常高妙了，但是在经典里，智者却说是“黄叶止小儿啼”。小孩子要哭，随手拿一片黄叶拈一下逗孩子玩，就不哭了。这个就是“言语道断，心行处灭”的地方。

“门前依旧夕阳斜”，山还是那座山，水还是那个水，爹还是那个爹，娘还是那个娘，一切都是原来的样子，未曾增加，也未曾减少。

因此，禅诗往往能够让我们的心灵豁然开朗。

如何学儒道？

粉丝：我们要不要学道学和儒学？

古柏：佛学作为哲学来说，是博大精深的，要用一生的时间去研究，更何况佛教传入中国以后有三大语系、八大宗派，尤其是禅宗和净土宗的影响，是这么的深刻和广泛。如果从心理学和社会学的角度去研究，都是非常值得的。

但是，仅此不够！

因为中国是以道学为根本的。像《易经》《道德经》这些经典，已经深入中国人的骨髓当中，体现在日常生活的方方面面。如果你不了解道学，你开口讲话就不能够讲到人心里。

其次就是儒学，儒学在中国是土壤。如果不了解这片土地，你乱种庄稼，一定是没有收成的。

所以说，作为中国人，了解道学和儒学是非常有必要的，这也是把佛教和中国本土文化相融合的一个必要的措施和手段。只有这样，面对你身边的人，才有濡养的作用。

换一个角度来说，佛学讲得非常的精深，内到心理学，外到社会学，小到微尘，大到大千世界，乃至人的前生后世它都追得那么深。但是回过头来讲，当下的人心身不健康，家庭不和睦，他反而更需要的是儒学和道学。

因此，你真正要给人家讲佛学的话，还要看准根基。如果这个人的社会生活、精神生活到了一定的高度，卤水点豆腐，你才能起到这样的作用。

唯识学与西方心理学

粉丝：我想请教一个问题，唯识学跟西方的心理学如何结合？我总理不出头绪。

古柏：这个问题属于比较学。这是两个很大的系统，我只能够简单地给你归纳几条。

唯识学的核心内容是眼识、耳识、鼻识、舌识、身识、意识、末那识、阿赖耶识。

再说说西方心理学，它有三个层次。凡是我们六根对六尘从外部所获取的信息，叫浅表意识。第六意识，它就叫意识了。第六意识以下的，就叫潜意识。

借这个机会我就给你打个比方。就像一棵树长在地上，树根以下的就叫潜意识。它周边的土地叫集体无意识。长出树干了，就叫意识。然后长叶、开花、结果了，就叫浅表意识。

西方心理学又分好多的流派，主要是弗洛伊德的心理学。弗洛伊德的心理学可以叫描述心理学或者是情境心理学。比如说过去受了伤害，你现在精神错乱了，它把你带回去还原到噩梦中，然后告诉你无所谓，你去接受它，从深层次把你的心结打开。

然后到了弗洛伊德的学生荣格那里叫解剖心理学。他认为你发神经肯定是某个地方短路了，把这个线连上就好了。那就叫解剖心理学。

这时候再讲唯识学，我给它下两个定义。

第一个叫大众心理学。你真正对佛教的境行果有了了解，绝对不会得任何心理疾病，因为你学的是圣贤，开的是智慧，恢复的是清净心，哪里会受外界的影响而产生心理疾病呢?

第二个叫个体心理学。谁学谁得好处，它可以让你的心理变得非常的强大，就像金刚一样是光明的、锋利的、坚硬的。

如果你找到了生命的主体，外在的任何的财色名利、是非善恶，哪里会伤到你呢?伤到你是因为你接受了它。如果你把镜子擦得很干净，你不接受它，根本就不会蒙尘，怎么会受伤呢?

因此，到了21世纪，优秀传统文化中的心理学，对于治疗抑郁症、焦虑症、狂躁症、分裂症、空心症，甚至包括一些疑难杂症，都有待于我们去学习和开发利用。

境　界

“涅槃四德”就是“常、乐、我、净”。

“常”，这里说的常，就是透过现象看到事物的本质，那个本质是清净的、永恒的。

我在这里打一个比方，就像海水，海水遇到风，打在礁石上起了很多的浪，浪花湮灭之后依然是海水。海水在没有风的情况下，它就在那儿，不管你是否到海边，不管你看不看到浪花，它就在那儿，那就是常。

“乐”，实际上其中包含了禅悦和法乐。你去修养、修行自己，最终是要达到那样一个乐的状态。当然，这种乐是由心底升起来的，它不是人间相对而出的苦乐。

“我”，“照见五蕴皆空”，是说我们的生命是四大五蕴合成的，显然后面有一个本来的我，一个真正的我，这个我是指的真我。当然，真我和其他的学说还是不同的，不可以混为一谈。

“净”，实际上就是通过修养、修行达到的一种状态，这个状态就像莲花出淤泥而不染一样。

因此，“常、乐、我、净”是一个重要的思想。如果不了解其深刻内涵，你就会非常地茫然，一头雾水。

点心三家相同

粉丝：儒家《大学》里讲“知止而后有定”，道家《清静经》里也讲“人神好清，而心扰之”，佛教里也讲要修禅定。儒释道都讲要修定，这三者之间有什么共通的地方，又有什么不一样的地方？

古柏：我们就说它们共通的地方。

儒释道三家都特别注重人的心身修养，也就是说人的心要静、要净。

如果人心不清净，不安静，你修养、修行的功夫就上不去，你做学问也做不深，因为做学问要洁净精微。

所以说，儒家、道家和佛教的方法，对个体的生命来说，实际上都是可以起到妙用的，是高度一致的。

古代的圣贤都发现了一个秘密：人的心是最难搞定的。

第一，被外面物欲名利勾引。

第二，自己扰乱自己。在佛教里叫法尘，即心可以产生妄念来扰乱自己。

空门不肯出

百丈怀海的法子神赞禅师，在小庙里随他的本师出家以后，本师就告诉他说："我所知道的佛法已经跟你说完了，你到外面去行脚，看看能不能遇到更优秀的禅师，对你进行提点。"

于是，神赞就背着行囊，到各大名山去参访。他来到了百丈门下，勤苦地参学，终于有一天开悟了。

开悟之后，他想到他那个小庙里的老师父，一生过着清贫的生活，他也想把他从烦恼的牢笼中解救出来。于是，他就回到了小庙，对自己的师父像父亲一样地伺候。

有一天他帮师父洗澡搓背，感慨地说："可惜一个辉煌的殿堂，而佛不灵。"

老师父就回过头来看他，他接着说："佛虽不灵，但还能放光。"

他师父非常地惊讶。因为明心见性的人开口头头是道，任何一句话都可以点亮我们的心灯。

又有一天，他师父早早地起来，坐在窗下，青灯黄卷，深研经典，几十年如一日。这时候恰巧有一只蜜蜂，看到外面的天光，就在窗户纸上"砰砰"地东碰西撞，想往外去。

他就说：“门户大开，你却在这里钻故纸堆，驴年马月才能够透得出去。”

师父又用惊讶的目光看着他。他随口念出一首诗：

空门不肯出，投窗也大痴。

百年钻故纸，何日出头时？

寒山禅境

寒山开悟诗赏析：

> 吾心似秋月，碧潭清皎洁。
> 无物堪比伦，教我如何说？

在这首诗中，作者把自己开悟的心境用碧潭和秋月来做比喻，并且告诉我们，开悟的心境无法用语言表达。

因此，这首诗有两个主旨，第一个是表达禅者开悟的心境，用清潭和明月来做比喻。第二个是告诉我们开悟的心灵是空而灵明，不是死水一潭，不是昏昧一片。

寒山出身于官宦人家，唐代陕西长安人，写了若干的白话诗。也就是说，他的诗非常口语化，非常容易理解，但是意境非常深远。他客居在浙江天台山，活了一百多岁，隐于天台山寒岩，自号寒山，以桦树皮作帽，破衣木屐，喜与群童戏，言语无度，人莫能测。常至天台国清寺，与寺僧丰干、拾得为友，将寺院残余饭菜倒进竹筒，背回寒石山维持生活。

因此，他们的事迹和诗歌以故事和儿歌的方式，在浙江一带广为流传。后来，寒山、拾得在画家的眼中，在人民的心中，成了和平友谊的象征，号称“和合二仙”，是非常浪漫的一幅画。

他们经常举着高高大大的荷叶，宽衣博带，袒胸露面，嬉戏而行。“和合二仙”象征着人民对美好心境和美好生活的向往。

南台静坐一炉香

守安禅师开悟诗赏析：

南台静坐一炉香，终日凝然万虑亡。
不是息心除妄想，都缘无事可商量。

听上去特别白话，但是如果功夫不到，不一定能够完全理解。守安禅师是唐末五代人，经常在湖南南岳南台寺的岩石上打坐，久久用功开悟之后，就写下了这首诗。

“南台静坐一炉香”，用一句话概括，就是几十年如一日勤恳地静坐用功，用的是什么功呢？

“终日凝然万虑亡”，把心定住，让自性显现出来。

“不是息心除妄想”，这是久久用功，打成一片，功夫已经成了。功夫如何成了？去掉了世俗的名利的影响，心里空明如镜。这样一来，外界的五欲六尘不能沾染他清净的道心，因为他已经断了烦恼，看破生死了。

“都缘无事可商量”，这是日常用功。在日常运用中，并不是说不去运水担柴，不去待人接物，而是在运水担柴、待人接物、举手投足、扬眉瞬目中，终日吃饭未曾嚼着一粒米，功夫成熟了，打成了一片。

因此，这首诗的四句话表达了修行的入道、证道、日用三个层次的境界。

他的徒弟问他说："人人尽有长安路，如何得到？"人人都可以用功办道，如何才能到达呢？

他说："即今在甚么处？"当下就是，当下歇下狂心，息掉妄念，就是你用功要达到的境界。

又问："寂寂无依时如何？"寂寂无依时，就是心往外不攀缘的时候如何？

他说："寂寂底聻[①]！"静静地、悄悄地，当下就是。没有人我是非，去掉二元对立，当下你的心不就是清明的吗？

为了更彻底深刻地理解这首诗，再介绍他的另一首诗《示徒》：

暖身不用辟寒香，修得内功凉意亡。
外境贪求皆幻影，缘心乱动费思量。

这两首诗前后呼应，表达了他的禅法和他的禅境。

---

① 迷信的人称鬼死为"聻"。

智慧与方便

首先，我们生而为人，通过工作、生活、实践获得智慧。经验的智慧非常重要，经验越多，我们走的弯路就会越少，交的学费就会越少。

其次，通过读书获得知识，这些知识也是前人的经验，是不可或缺的。

另外，我们一定要学会近似于慎独，使我们内心生起智慧。

总而言之，无论你是读万卷书，还是行万里路，获得智慧以后，这个智慧绝不是经验主义，也不是教条主义，更不是本本主义。

什么意思呢？你必须要学会在待人接物、为人处世、工作学习中灵活运用。运用的情况是非常复杂的，我在这里主要是讲要学会变通，变则通，不变则不通。

一年有春夏秋冬，一生有生老病死，自然环境、社会环境、我们自身都在不断地发生着变化，因此我们必须要学会变通。

在佛学当中把这个变通叫作方便。老百姓常说："与人方便，与己方便。"在路上行车的时候，礼让三分；在利益面前，该让人时且让人；在道理上，该饶人时且饶人。这都是方便。所以说，智慧与方便是一体两面，手心手背。你不但要悟透，而且要灵活地运用，反复地练习。

仔细想一想，离开智慧与变通，我们在这个世界上寸步难行。

贫女乞斋

五台山是一个佛教圣地，因为独特的地形地貌，风景很美，非常清凉，聚集了很多的修行人，每年到了3月就要举行大斋会。

这一天举行大斋会的时候，来了一个乞婆——要饭的老太太。她领着两个孩子，手里牵着一只狗，来到布施斋饭的地方。当家师就给了她一份，她说还有两个孩子，当家师也给了两个孩子一人一份。吃完了以后，她就指着她旁边的狗，她说狗还没吃，要给狗也来一份。

当家师说："生活条件这么艰苦，这里施斋也是有限的，你吃饱了，两个孩子吃饱了，你说你现在还要给狗一份？"

她说："不但要给狗一份，我肚子里还有一个，你还得给一份。"

当家师说："你有什么功德，要这么多的饭吃？"

她说："我确实什么都没有，只有头上这一撮头发，把它铰下来供养大家。"于是，她就把她的头发铰了下来。

当家师忍无可忍，说："你这个人也太贪心了。"

刚说完这句话，乞婆就腾到空中，那只狗也变成了金毛狮子，然后她还念了一首诗：

苦瓜连根苦，甜瓜彻蒂甜。

三界无着处，致使阿师嫌。

看到的人都非常地激动，当家师也领着僧众趴在地上磕头。她又念了一首诗：

众生学平等，心随万境波。

百骸俱舍尽，其如憎爱何。

意思就是学法是为了修平等心，如果没有平等心，搞这些仪规都是假象。

当时，上千人看到了这样的奇迹，都感叹不已，愿菩萨保佑，一心奉行。于是，空中又传来一首诗：

持心如大地，亦如水火风。

无二无分别，究竟如虚空。

这时候，当家师和住持埋怨自己有眼不识泰山，取出刀要挖自己的眼睛，以表示因亵渎了菩萨而忏悔之意。空中又传来说："师父，你们不要这样做。方法很多，为什么要用这样的下策呢？"

于是，当家师和住持就打消了这个念头，你一言我一语地在那里商量说："我们还不如造一座大白塔，纪念一下这个传奇的故事。"这个宝塔就建在了塔院寺的东侧。

击竹悟道

香严智闲禅师，击竹悟道以后写了一首诗。在讲解这首诗之前，先给大家讲一下他前后参禅悟道的经过。

他在密印寺沩山门下，沩山说：“你在百丈禅师处，问一答十，问十答百，问百答千。我今天问你，父母未生前，什么是你的本来面目？”

这一下把香严禅师问住了，他三番五次找到沩山，想叫沩山直接告诉他答案。沩山就是不告诉他，问急了，沩山说：“我如果告诉你，你会恨我一辈子。”

在这里我不得不做一个解释。因为悟道完全是自家内心的一种灵觉，如果讲给你，你知道了答案，就完全落在了意识的层面。就好像你没有去过北京，我告诉你北京有天安门、长城、故宫，你知道了就不去了。如果哪天你回过神来，不就恨我一辈子吗？

所以说，穿衣吃饭别人都能够替得了，内心是否觉悟没有人能够替得了。因此，沩山一直不肯告诉他答案。

于是，他行脚就到了南阳慧忠国师的门下，在山间结庐，自耕自食。就是我们现在说的住山。

有一天，他在给菜地除草的时候，捡起一块瓦砾，随手扔到竹林子里，瓦砾打在竹节上，发出清脆的声音，“啪”的一声，他就开悟了。开悟以后，他欣喜万分，但是又没有办法说给别人，于是就写了一首诗：

一击忘所知，更不假修持。
动容扬古路，不堕悄然机。
处处无踪迹，声色外威仪。
诸方达道者，咸言上上机。

“一击忘所知，更不假修持。”首先，这两句话就充分证明他是开悟了。开悟的人，说是一物即不中，因此他说“一击忘所知”。“忘所知”就是把思维心打断，一片空明的境界出现了。“更不假修持”，我们平时见了面问学问修，问七问八，所以他说“更不假修持”，不留痕迹了。

“动容扬古路，不堕悄然机。”“动容扬古路”，在这一击之下，我和古代那些所有开悟的禅师们心心相印了，因此叫古路，又叫古道。“不堕悄然机”，很多人认为参禅打坐就是要悄悄的，实际上不是静悄悄，也不是闹哄哄，而是应机的，随着外面的机缘因材施教的。一方面是内心一片明净空明，另一方面又不是死水一潭，而是应机说法，活学活用。它是两个面向，一静一动。

“处处无踪迹，声色外威仪。”这是说大道无形，大道无相，大道无言，不留下任何痕迹。虽然通过声色和威仪可以表现出来这个人是解脱的、自在的、开悟的，但是又不仅仅局限在这些形象上面。

“诸方达道者，咸言上上机。”从古到今所有开悟的人，把这种发明了慧性的人叫上上乘，叫顿悟，立了很多的假名，说的都是开悟这一件事儿。

因此，“击竹悟道”就成了千古佳话和启迪人心灵的故事。

应病与药

什么是机锋呢？机是机关，锋是刀锋，在禅师的问答酬唱之中，言下大悟的语言就叫机锋。

下面我们举一个例子。

一日，文殊叫善财去山中采药，善财便采，无不是药。文殊问："药采回来了吗？"善财拈起一斤草，给了文殊。文殊拈草示众说："此药亦能杀人，亦能活人。"

你仔细品，是不是言外有话？佛法是药，我们应该努力地学会"应病与药"。病了不能不吃药，但是，不能够吃错药，更不能够乱吃药。郎中与病人都要觉悟才行。

信仰，你进步了吗？

粉丝：大家都说信仰是一个人的精神源泉，为什么现在很多人有了信仰以后，反而变得不正常了？比如说夫妻关系处理得不和谐等。这是信仰的问题，还是自身的某些原因所导致的？

古柏：为了让你解除迷惑，我给你归纳为四点。

你可以每日四问：我的烦恼减少了没有？我的智慧增加了没有？我的心身健康了没有？我的工作学习进步了没有？

如果你把这四句问完了，发现你比以前有了进步，就证明你得益了。

如果你发现烦恼多了，就证明你穿新鞋走老路，把世间的人我是非带到信仰中来了，或者把信仰的家长里短带到你的生活中了，烦恼就增加了。这是一种愚蠢的表现。

智慧增不增加也有两个表现，你的内心是不是更加宽广了？你看问题是不是更加通透了？内心更加宽广，看问题更加通透，就证明你的智慧增加了。

如果你的身心比以前健康了，就证明你的修行进步了。因为持戒也好，禅定也好，都会让人身心健康。如果你身心不健康了，那就证明你可能是该戒的没戒，不该戒的全戒了。表面上你是在持戒，其实你没有心戒。拿老百姓的话来说，“口素心不素”。头上的毛剃光了，心上的毛长起来了，那你就更搞笑了。

因此，我觉得如果你把这四个问题考合格了，说明你信仰就是正确的。反之，说明你某个地方跑偏了。

在心上用功

粉丝：什么是福德和功德？它们有什么区别？

古柏：你看过达摩和梁武帝的公案没有？公案如实告诉你，建寺、造像是福是福德。功德是什么？功德在心不在身。心上的功德就是平等心、慈悲心、觉悟心、智慧心、清净心，这才是功德，功德是自性具足的。

福德是有为法，功德是无为法。真正的修行人要修的是功德，而不是福德。就以梁武帝为例，他建寺造像，其实他是想用佛教来辅佐他的统治，表面上建了很多庙，造的佛像也很多，实际上他修的是福德，而不是功德。功德一定包含了无为法、觉悟心和清净心，这是功德和福德的区别。

下面再往深地讲，功德和福德，也不能把它们完全对立起来。

如果说功德是性，那么福德是相。按照智者的要求来说，修行要圆满，福德和功德要双修，相上去求，性上去修，性相不二，这才是圆满的，不能执着于一边。

回过头来说，人家建寺造像也没错，关键他安的是什么心？

他如果执着于我相、人相、众生相、寿者相，那就是世间的福德。如果他建寺造像是为了普度众生，内心慈悲而又清净，而且不留功名，那就是功德。

百花丛中过，片叶不沾身

粉丝：古代有个大德说过“百花丛中过，片叶不沾身”，我们怎么理解他的这种境界呢？

古柏：“百花丛中过，片叶不沾身”是表达的一个禅者光明磊落、潇洒自如的境界。

“龙象蹴踏，非驴所堪。”那个小毛驴跑在山路上踢踢踏踏，而那个龙象兴风作雨，这其实是说的大乘解脱的境界。言外之意就是我们讲戒定慧三学，讲闻思修，都要达到一种境界，能够为戒而戒，为法而法。

粉丝：我们没达到这个境界，是不是还得老老实实地按照这个戒律去做？不能够因理废事嘛。

古柏：那你要这样理解，“欲知上山路，去问下山人”。上了山的他是过来人，他说“我到了泰山看了日出也没啥”。但是你没上去，你就不要说这个话。就像过河一样，你没过河就不要拆桥。

此外，从你的心灵的方向来说，不能够为法而法，为戒而戒，为宗教而宗教，为信仰而信仰，要直接通透到生命的自在和解脱，你这样学法才是有益的。

类似于这样的话很多，比如说“竹密不妨流水过，山高岂碍白云飞”“高高山顶立，深深海底行”，都是在讲一种生命透脱的自在的状态。

观音到底是男是女？

我到普陀山去旅游，有游客问我：观世音菩萨到底是男是女？

首先从造像上来说，我们现在看到的观音菩萨造像都是以女子的相貌呈现的。我们在唐宋时期的石窟造像中，还能看到观世音菩萨是一个大丈夫，而且还留着胡子，表现了他的大慈大悲、勇于担当的相貌。

为什么一个男人在中国变成了女人？因为在中国文化中母亲是慈悲的象征，这与观音菩萨的本愿更加相应，容易被人接受，从感情上产生共鸣。尤其是在我们受苦受难的时候，乃至于做噩梦的时候，我们都会念一句“南无大慈大悲观世音菩萨”。因此，他的形象就慢慢地由男相变成了女相。

大家都知道，观世音菩萨的应化道场在舟山普陀山，这个是明代的事。有好多的故事，尤其是鱼篮观音、杨枝观音救苦救难的故事特别多。

在舟山群岛周围渔民很多，大部分渔民就特别信仰鱼篮观音，这是一种很有意思的观音文化现象。在国内主要信仰杨枝观音，因为观世音菩萨“杨柳枝头甘露洒”，变人间的热恼为清凉。

为什么他有这个本事呢？因为在经藏中记载，他有三十二相，随众生根机，随类示现。“三十二应遍尘刹，百千万劫化阎浮。瓶中甘露常遍洒，手内杨枝不计秋。千处祈求千处应，苦海常作度人舟。”

这也与他最初的愿心有关。在经教中记载：“汝听观音行，善应诸方所，弘誓深如海，历劫不思议。”这四句话高度概括了他的德能。

观音菩萨的能耐与功德就像他的名号一样，“以智观之，六根互用”。我们一般人眼睛管眼睛，耳朵管耳朵，嘴巴管嘴巴。观世音菩萨可以六根互用，寻声救苦，用智扫除一切障碍。

观世音菩萨大慈大悲救度众生，因此他的威望非常高，形成了一种深广的观音文化，知识文化、思想内容和民间故事极其丰富，真是一言难尽。

说了这么多，观世音菩萨到底是男是女呢？

在宋代有一个叫管道升的写了一本《观世音菩萨传略》，明确记载观音是西域兴林国妙庄王的三公主妙善。她修行成功以后，救苦救难，具有三十二相的变化，又有大慈大悲、救苦救难的情怀。因此，观音的功德说不能尽，她已经和中国文化深深地凝结在一起了。

芸芸众生

“众生”具体都有哪些含义呢？

第一，有一个美丽的传说，说人最初从光音天下来，“皆悉化生，欢喜为食，身光自照，神足飞空，安乐无碍，久住此间。尔时，无有男女、尊卑、上下，亦无异名，众共生世，故名众生”。

整个一个外星来客，生活在人间的桃花源里。为什么呢？没有男女，没有尊卑。每一个人都没有自己的名字，共同在一起和乐地生活。

第二，众缘所生，故名众生。你好好想一想，哪一个人没有父母，没有饮食，没有国土？总而言之，我们都依赖于外界的环境而存活。所以我们要广结善缘，善缘结得越多，你活得就越好。

第三，就个体的生命而言，我们的身体是地水火风四大和合而成，我们的精神是由受想行识组成的。讲到这个地方，我真的不想和大家讲哲学，虽然哲学更有逻辑性，更有道理，更趋向真理，但是对于一个活生生的生命来说，其实他需要的是自在和解脱。

盲人摸象

粉丝：请问有个成语“盲人摸象”是不是也是从经典里面来的?

古柏：你们上学的时候，中学课本里都有“盲人摸象”这一课，不过中学课本里讲的“盲人摸象”，可以说只知其一不知其二。

故事是这样的。镜面王把一群盲人叫到一起，问：“你们知道象吗?”盲人回答说：“不知道。”于是，镜面王命侍者牵了一头大象过来，让他们摸象。他们就把象摸了一遍，镜面王就问他们：“摸到的象是什么样子的?”摸到鼻子的说是像弯曲的车辕，摸到象背的说是像土丘，摸到象腿的说是像柱子，摸到象尾巴的说是像绳子……总而言之，在他们心目中，象是不一样的。

后来，智者就告诉他的弟子说，外道修行者也是这样，不了解法界的实相，纷纷从自己的角度出发，就像盲人摸象一样。

这个故事最深奥的部分还不是“盲人摸象”。他为什么叫镜面王?意思是说，我们生活在这个世界，我们看到的、想到的都是有边界的，这些都不是实相，是假象。即便是睁开眼睛看，你看见的有如镜子里的影像，是虚幻的。这个寓意是非常深的。

菩提本无树

粉丝：菩提树有什么讲究吗?

古柏：菩提树也好，大的造像也好，智者脚印也好，那只是智者在圆寂之后佛教的一个象征而已。所以说，六祖惠能说“菩提本无树，明镜亦非台。本来无一物，何处惹尘埃”。

菩提树，原名叫大青树，学名叫毕钵罗树，实际上就是广东、福建一带的大叶榕树，叶子比较大，树冠比较大，底下不长草，很干净。智者就在那下面打坐，后来成道了，为了纪念智者，就把它叫菩提树。

电视剧《西游记》里有首歌赞颂菩提树，“青青菩提树，宝象庄严处”，实际上它就成了智者的一个化身。但是一个真正的修行人，如果你住在终南山没有菩提树，难道你就不觉悟了？山洞里也能觉悟，松树底下也能觉悟。

唐代的李翱去拜访药山惟俨禅师。“炼得身形似鹤形，千株松下两函经。我来问道无余说，云在青天水在瓶”，这就证明药山惟俨是在松树底下悟道的，所以说悟道未必在菩提树下。

如果你执着于菩提树，你就没有破相，你就没有化性，你就没有开悟。有很多人信教信得很痴迷，他就是黏住在相上面了，所以说“菩提本无树”，菩提树也不要执着。

现在我们两个坐在桂花树下，如果我在跟你讲话的时候，你于言下大悟，那我们可以说：心藏法师在桂花树下悟道。

禅与老庄

粉丝：请问禅学和老庄哲学有没有关系？

古柏：这下可真问到点子上了，这是属于思想文化源流的内容。

禅分两大类：如来禅和祖师禅。

如来禅是从印度一脉相承传下来的禅法，讲四禅八定。祖师禅是活泼泼的，可能在喝茶的时候，可能在采茶的时候，可能在除草的时候，可能在看经的时候，可能在云游的时候，某一瞬间“啪”一下开悟了，那个就叫祖师禅。

禅和老庄的关系太深了！

比如说，最初印度经典要翻译到中国来，像“空”“无为”“智慧”这些都是原有的、本土的、以道为核心的概念，和尚也叫道人。

因为中国是一个农业国家，不是宗教式的国家，严格来讲中国真正形成宗教的土壤是非常薄的，和印度不一样。

佛教传入中国以后，和尚们就用道人寄居山林的方式来修行，也就是他们的生活行为方式已经有了中国本土的色彩。这还是次要的，最主要的是老庄哲学的当下思想，回归山林的思想，尊崇自然的思想，追求精神自由的思想，深深地影响了中国的禅学，形成了中国的祖师禅。如果你不学习老庄，你说你对禅学有多么深的见地，有多么深的理解，那是做不到的。

佛教和道教在唐宋就已经合流了。可能是受到了某种宗教教条的影响，或者说没有沉下去往深处挖，如果今天的佛教徒或者道教徒还在那里争论谁高谁低，那都是不读书造成的，肚子里的墨水太少了。

很多禅学大师对老庄思想都有研究。明朝的憨山大师把儒家、道家的经典全都从禅学的角度进行了诠释。现代的就有冯学成的“禅说庄子”系列丛书。

如此来看，我们很多人在故步自封，思想是多么的浅薄啊！用这种浅薄的思想，又如何能够继承优秀的传统文化呢？

人心、人性、自性

粉丝：我有个同学想问您，什么是人心、人性、自性？

古柏：什么叫人心？

为了让你听得明白，我就用自然界的颜色给你打比方。人心，就像画家的调色盘一样，它随着环境的变化有种种心，有善心、恶心、贪财的心、贪色的心、攀缘的心、害人的心、恼人心等，可以说是五颜六色、五花八门，就像一个万花筒一样。这是从现象上谈人心。

如果不了解人心，你走到社会上一定会吃亏上当，甚至会被搞得乱糟糟的，无所适从。

很多人背着包外游，又呆又傻，不能超脱出来，就是因为不了解社会，不了解人心。

所以作为学生来说，你们要了解人心。了解了人心，你才能够很好地判断人我是非，才能够很好地保护自己。如果你不了解人心，而是告诉别人天下无贼，蒙着自己的眼睛，塞着自己的耳朵，掩耳盗铃，这是行不通的。

粉丝：智者不是叫我们不要有分别心吗？

古柏：这里有个知识点你要把它搞清楚。

世间上的人都是通过参究学习让自己的智慧不断地增长。你不分别，你怎么读经？怎么读书？连经义都不了解，连历史文化都不知道，你怎么会进步呢？所以说这是一个误区。

粉丝：那我想问一下，人性和人心到底有什么关系？

古柏：关于人性，历史上就有探讨。

比如孟子认为人性的本质是性善，荀子认为人性的本质是性恶，就是善和恶两个极端。

佛教认为，人性是不善不恶的，你种什么因得什么果，如是因如是果。

道家认为，人性的本质就是道性，后面的五欲六尘都是假相。

至于说自性，有两个知识点你也要把它搞清楚。

第一个，智者在菩提树下悟道说人人皆有自性，甚至说一阐提都可以成佛，一切蠕动含灵都有自性。

第二个，不管是性善也好，性恶也好，好人也好，坏人也好，穷其类本，讲到最后，其自性都是如如的、清净妙湛的。至于他后来变成了好人、变成了坏人、变成了善人、变成了恶人，那都是后来转变的。

佛教的真正作用是什么？为了教化众生一心向善，匡正人心、净化人心，让人有智慧、得解脱，这才是它的目的。

粉丝：那应该如何把这个标签给撕掉呢？

古柏：第一个，深入经藏，智慧如海。第二个，像善财童子五十三参那样，广泛地参学善知识。

真正悟道的人，心像海洋一样宽广。哪个地方不能下海？非得从码头下海吗？

三兽渡河

有个“三兽渡河”的故事，这个故事还被写进了中学课本。说有一只兔子、一匹马、一头大象，都从恒河渡水过来。

岸边的仙人就问它们：“恒河有多深？”

兔子是游过来的，它兴高采烈地说：“不深，就像我的身体这么深。”

马有时到底有时不到底，于是就说：“你说得不对，恒河比你说的深多了，就像我的身子这么深。”

大象说：“你们两个都没有说对，我用长长的腿踩着河底，把鼻子翘起来，从恒河里走过来的，因此恒河的深度我说的才对。”

它们三个争论不下，仙人就哈哈大笑。

这个故事背后，隐藏着我们对这个世界的认知、感受都不是实相的一个秘密。

我们不禁要问，同一条河流为什么所见不同？原来我们这个世界隐藏着太多的秘密。

在人的眼中，恒河又深又宽又长，如果我们不借助舟楫和桥梁，若想到恒河中去，再加之不会游泳的话，有可能会被淹死。

在“鬼”的眼中，河水就是脓血，它的喉咙因为干涸被烧焦了，还不能喝水。

而在天人眼中，不管是海水、湖水、江水、河水，都净若琉璃，他们就像滑冰运动员一样从上面很轻盈地掠过，甚至还能够跳出曼妙的舞蹈。

我们不禁要问这是为什么？生活在同一个世界上，为什么认识和感受如此的不同？原来摄入的深度不同，体验不同，所证到的境界也不相同。

我们对于任何事物，从不同的角度、高度、维度来看，都不一样。我们修行的境界也是这样。因此，把嘴挂在墙上。我刚才也是白说，姑妄言之，姑妄听之。

以梦为马

粉丝：这几天老梦到在家的父母，您能谈谈怎么解梦吗？

古柏：儒家讲“一气感通”，现在到了秋天，秋天多梦，且梦多与老家和父母有关系。

人有四梦。

第一个是因病得梦。快生病的时候你会做梦。比如说湿热下注，你常会梦到在泥塘里跋涉；快中风了，你会梦到在天上飞；要上火了，你就梦到自己在灭火；如此等等。

第二个是日有所思，夜有所梦。这是大家都知道的，白天想啥晚上就梦到啥。因此在弗洛伊德心理学中说梦有补偿的作用。比如说你某种欲望没有满足，在梦中得到补偿，老百姓说：“做梦娶媳妇——想得美！”

第三个是感通梦。也就是说，你的心非常精诚，和某种事情感通了。在《管子·内业说》中说“思之，思之，又重思之。思之而不通，鬼神将通之”。

第四个是宿世梦。这类梦归结于阿赖耶识，即潜意识深处的一种梦。

粉丝：也就是说梦并不都是荒诞不经的，有时梦是我们心灵的一面镜子，透过这面镜子可以了解我们的内心。可以这么理解吗？

古柏：可以这么理解。这又使我想起“梦中瑜伽”，又叫“睡梦瑜伽”。不光是佛教，道教里有些高道，你看他每天在睡觉，实际上他在用功。你要参考张紫阳、丘处机他们那种任运自然的修道方法。

梦是人大脑的一个投影，当我们对梦了如指掌的时候，大脑就被解密了。我们现在之所以不能解梦，是因为我们对大脑还不能解密。

总而言之，不要小看梦，梦是很深的，是潜意识里的一种活动。只有觉知心很强的人，修行很精进的人，才能在梦中考验自己修行的功夫。如果你的梦中还有厮杀，还有争斗，还有欲望，就说明你的修行功夫还没有上去。所以梦是可以作为自我修行验证的一个标准。

粉丝：古人讲“至人无梦”，这怎么理解？

古柏：“至人”就是悟了天道的人，他对人间不抱有幻想，心性坦然，犹如秋月，因此他哪里会有梦呢？

不磨不成功

粉丝：师父，我去参访各大名山的时候，经常听老师父说有的人习气、毛病多。我想请师父开示一下，习气、毛病各指的是什么?

古柏：习气，比如说贪吃贪睡，混得像个猪八戒，那都是习气使然。有些习气是过去世带来的。有些习气是因为从小没有启蒙、没有立志，后来在社会上染上的，比如说吸毒、赌博、说是非、打架斗殴，这都属于习气。

习气所对应的就是修养，一般说这个人修养不好，就是习气太多。就像玉一样，瑕疵太多。

毛病就更进一步了，分为身和心两部分的毛病。

身体上的毛病，冷不得、热不得、弱不禁风，这人的体质就很差，毛病很多。

心理的毛病那就更多了，比如说意志薄弱、精神涣散，这都是精神上的毛病。

还有比如说你当兵，在关键的时候不能够挑起重担、扛起大梁来，这也属于毛病。

这都要我们加以克服、改造身心上的毛病，让生命变得非常结实，让精气神非常饱满。

性月恒明

昨天晚上，天上一轮圆月，又圆又大又亮，悬挂在当空，让人内心一片清凉，充满了喜悦。我顿时就想起了我们秋天到北京西山卧佛寺去旅游，看到一个匾额写着“性月恒明”。

我问了好多教授，他们都莫衷一是，给出的答案都不能符合我的心思。于是，我就在经典里苦苦地参寻，终于明白了“性月恒明”这几个字的深刻含义。

性月又叫心光，是自性的一个比喻。虽然众生在三界六道中生死轮回，但是那个熠熠生辉的自性像月光一样永远是亮的，就像一面尘封的宝镜，经过一番修理和打磨，依然是性月恒明的，可以照破我们的无明。

由此可见，古代的法师、官人、文人，他们的思想有多么的深刻，他们的学养有多么的深厚，他们的文化有多么的包容，“性月恒明”足以让人解悟。

“千江有水千江月”是一个现象，有眼睛的人都能看到，但是你未必能够知道这个比喻背后有多么深刻的含义。只要你的心水是清净的，那一轮宝月就可以映现在你的心中。所谓“千处祈求千处应”，你有求，我有应，你有愿，我满愿。

八月十五就要到了，“性月恒明”，悟一悟吧！

无常是消极吗？

粉丝： 张口闭口说无常，是不是很消极啊？

古柏： 这个问题问得挺好。如果你对这个概念认识得准确，是有好处的。如果你认识得不准确，会有坏处。这个坏处就是人家平时说的很消极、很逃避，与你的认识有关系。

为什么讲无常？你如果了解，大千世界日月星辰都在成住坏空中，是无常吧！地球有成住坏空，是无常吧！人有生老病死，还是无常吧！我们的念头有生住异灭，也是无常吧！

因此，智者给众生讲无常，他讲的是真理、是事实。在这种情况下，你就不能说它是消极的。

他讲的用意是什么呢？意思是你不要像猪八戒一样贪吃、贪睡、贪色、贪名、贪利。“大众当勤精进，如救头燃，但念无常，慎勿放逸”，实际上是要人勇猛精进，成就道业。要知道我们活在这个世间如白驹过隙，是非常短暂的，如果你还懈怠放逸，就把生命给糟蹋了。人生太宝贵了！你要珍惜。

如果你不珍惜，忽忽悠悠一辈子就过了，一事无成，对自己没有利益。不但是当下没有利益，在生命的流转中你会越来越烂，越来越糟糕。如果你有家，你会成为家庭的负担；如果你在社会，你会成为社会的负担。所以说，无常的背后是叫人勇猛精进。

生命的质量

我们的身体是有光的，那是生命的能量场，并不神秘。当你的心处在一种最佳状态的时候，你的光就非常大。

有的人说他路上走路碰到鬼了，有的人身体羸弱有病苦，有的人抑郁、焦虑、精神分裂了，最深的问题就是心没有修好。

如果你那一念心非常地光明，非常地坚定，一切的妖魔邪道都不会侵入我们的身体。所以说修心的内容太丰富了，一言难尽。

如果不着相，他的心就非常地圆满，非常地干净，不活在过去的记忆中，不活在未来的期望中，只把当下的事情做好，那就是不着相；如果你着相，就把自己的心塞得满满的，蒙尘很厚，心光就不能够显现。不着相，你的智慧才会清明；一旦着相，你的心就活在记忆中，活在期盼中，活在得失的评判中。

一般来说，着相的人的生命能量都会在200以下，这是科学家通过热成像给出的数值，就是越着相的人，他的生命能量就越低。200以上才是正常人，200以下就已经不正常了，它分了好多的量级。

如果是175—200，就是内心充满了我慢，塞得满满的，自以为是。到了150就是自卑，到了100就是恐惧，到了50就是冷漠，到了30就是内疚，到了20就会死人。如果到了零，生命就完全没有能量了。心光对生命这么重要，而保护好心光就要努力地修行。

350以上就是自己可以主宰自己，那就要破除我执。我执越少的人，他的生命越有主宰，心光就越强。反之，我执越大的人，心光就越低，说明他内心很虚弱，他要用一种东西把自己牢牢地包裹起来。

到了500以上，这个人睁眼闭眼、吃饭睡觉、与人相交、工作起来都是满满的热情和幸福，做任何事情都是热情奉献，无我而又乐观。

到了700以上，就是开悟，整个生命由内到外，就像一块玉、一块翡翠、一块琉璃、一块水晶，整个是一个光明体。

科学家发现质和能是可以互相转化的。而人的色身和心光是可以互相转化的，色身的生物能可以转换成心的光能，就像太阳产生核聚变，质量转换成光能一样，阳光照耀天下。

我们的生命是迁流变化的，每分每秒我们身体的细胞都在新陈代谢，我们的念头都在生住异灭，这是不是在告诉我们一个秘密？当你生命的舞台越大，你越放松、越无我、越清净的时候，你和这个宇宙的交流越全面。就像一部手机，能和整个宇宙接收和发出信号。

“自洽”怎么理解？

粉丝：杨振宁先生说佛学是自洽的，怎么理解“自洽”？

古柏：要理解“自洽”，就需要懂得物理学。自洽是什么意思呢？就是说数学家或者物理学家给出一个公式，把任何数值代进去，都能够推导出自己想要的合理的结果，这个就叫自洽。以爱因斯坦的质能转化公式为例，不管你用它来解释燃煤发电、燃油发电，还是核能发电，$E=mc^2$ 都是合理的，这就说明该公式在质能转换的过程中本身是自洽的。

如果变成哲学的语言，它揭示了事物的实质，把握了事物内在的规律，这是非常了不起的。

佛学虽然不能够用科学公式去证明，但是如果你懂得科学，对你正信佛教、破除迷信有很大的帮助。你见了那些文化人和知识分子，给他们讲“色不异空，空不异色”就类似于质能转换公式$E=mc^2$，他们一听就能懂，至少可以引他们入门，虽然不能完全画等号。

除此而外，像佛教讲的缘起法，讲的般若思想，讲的无我利他的思想，讲人生的苦空无常，推导出你要有智慧、要解脱、要自在，从理论上来说它是自洽的。

如果你学了量子力学，你就会知道佛学不但没有被现代科学证伪，反而很多东西慢慢地被证明了。像朱清时、潘宗光、李焯芬、尤智表、牛实为、黄念祖等这些科学家、大德们都在研究佛学和科学的交汇之处，这是很有意思的一个研究方向。

粉丝：杨振宁先生讲科学美、建筑美、艺术美，他还讲了宗教美是最高的美。

古柏：美的未必是善的，善的未必是真的，真的未必是美的。我们平常认为真善美是三位一体，如果你思路开阔的话，真善美未必是一体的。

这都要好好地去学习，不能够故步自封，应该不断地努力探索。

后　记

首先，我要感谢文化出版社原编辑吴士新先生、中国文联出版社邓友女女士、张凯默女士、邢舒然女士对本书的付出。各位老师认真细致的审阅、编校，为本书的顺利出版提供了学术保障。付梓之际，表示由衷的感谢，也希望读者能静心审思言外之旨。

其次，我还要感谢那些帮我当“群众演员”的抖友们，一起帮我整理文字的编委会的同人们，以及帮我集资的善人们。我只有将此功德回向给所有爱好优秀传统文化，向上向善的同人们，与大家一起分享优秀传统文化的精神食粮。

积沙成塔，集腋成裘。没有他们的无私奉献、鼎力相助，我纵有三头六臂，也难以成书。

还要感谢洗心禅寺、洗心基金会为我们提供的各种保障与支持。当代中国社会为我们提供了优良的通信、方便的交通、安全无忧的衣食住行。湖南是湖湘文化的荟萃之地，聚集了一大批可以为师为友的文化学者；而洗心禅寺是一块藏风纳气的风水宝地，是晨钟暮鼓、经声佛号呵护的三宝之地。从而使我能把自己学到的知识、思想文化，方便快捷地传达给大家。

寄萍江湖，云水天下，一切都不是我的。我只是用一颗莲花一样的心，和大家一起分享优秀传统文化的思想道德、优秀品质而已，别无所求。

我相信，随着经济、科技的崛起，优秀传统文化也会被越来越多的人接受与认识。作为优秀传统文化支柱的佛学，也会与时代偕行，并重新被定义。一个开放包容的中国，会崛起在世界的东方。

以此绵薄之力，敬献给那些有信仰、有文化的人们。

真心希望你们能够结缘到我的书，并批评指正。

古 柏

2023 年 3 月 1 日